JN259488

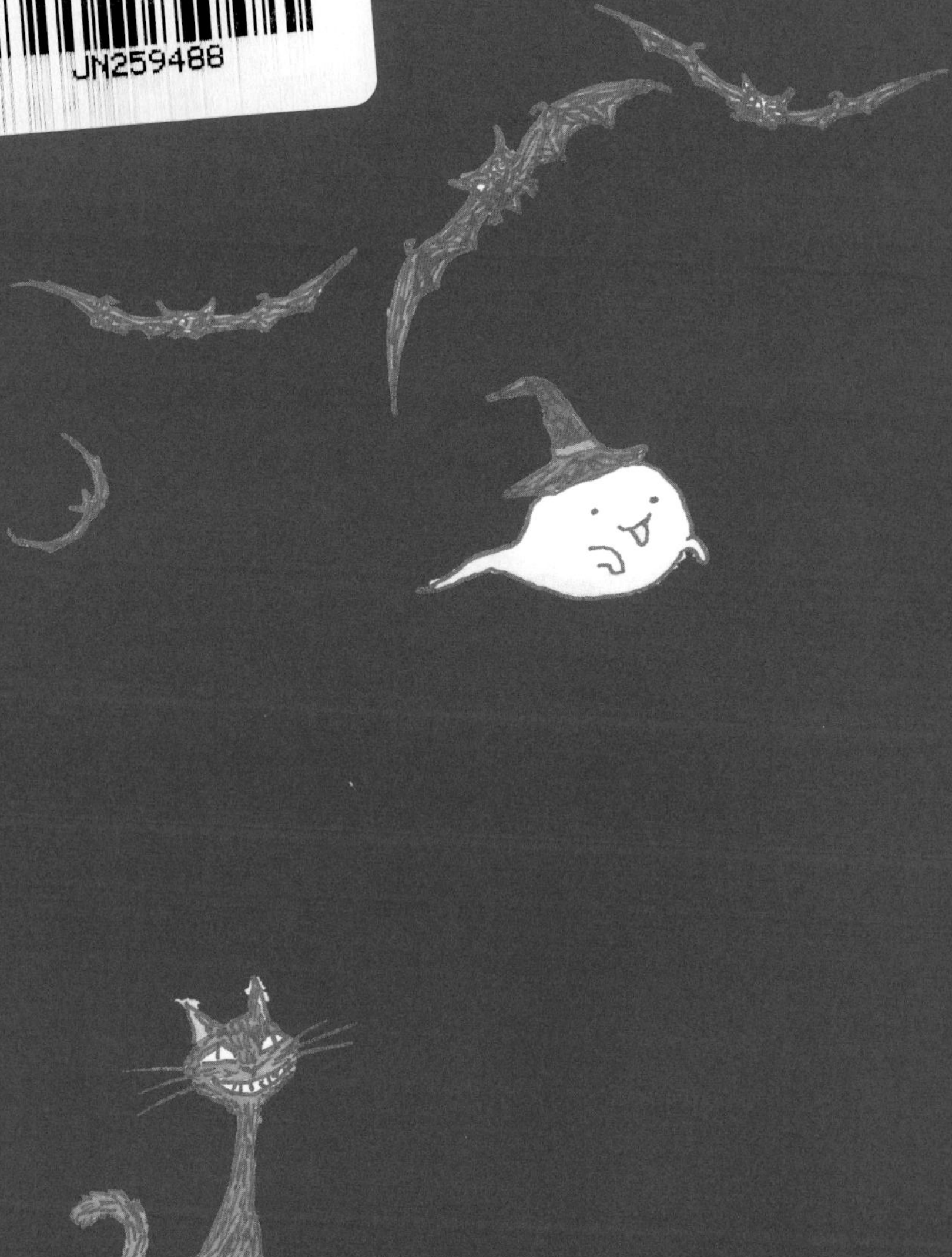

妖《よう》怪《かい》一家九十九《つくも》さん

妖《よう》怪《かい》一家のハロウィン

富安陽子・作　山村浩二・絵

［登場人物紹介《しょうかい》］

化野原《アダシノハラ》団《だん》地《ち》に人間たちにまじって暮《く》らしはじめた九十九《つくも》さんちの七人家族

おばあちゃん
［やまんば］太った人間を見るとついよだれが出て…。

おじいちゃん
［見越《みこ》し入道《にゅうどう》］むくむく小山のように大きくなります。

ママ
［ろくろっ首《くび》］ロープのようにながーくのびる首《くび》が自慢《じまん》。

長男・ハジメくん
［一つ目小僧《こぞう》］一つしかない目は、すばらしくよく見える千里眼《せんりがん》。

パパ
［ヌラリヒョン］ヌラリとあらわれ、ヒョンと消えて瞬間《しゅんかん》移《い》動《どう》可《か》能《のう》。

次男・マアくん
［アマノジャク］力持ちで、足の速さはスポーツカーなみ。

長女・さっちゃん
［サトリ］人の心をなんでもさとってしまう女の子。

［登場人物紹介《しょうかい》］

九十九《つくも》一家を助けてくれる人間たち

野中《のなか》さん

ヌラリヒョンパパが勤《つと》める市役所の地域共生《ちいききょうせい》課《か》の上司《じょうし》。もともと居場所《いばしょ》を失《うしな》った七人の妖《よう》怪《かい》たちに、家族となって団地《だんち》に住まないかとすすめた人。

的場《まとば》さん

化野原《アダシノハラ》団地《だんち》の管理《かんり》局長《きょくちょう》。七人の正体を知っていながら「いや、問題ないっす」が口ぐせのたよれるおじさん。

女神《めがみ》さん

地域共生課《ちいききょうせいか》のスタッフ。妖怪《ようかい》おたくなので、ヌラリヒョンパパといっしょに仕事ができるのがうれしくてしょうがない。

妖怪一家のハロウィン

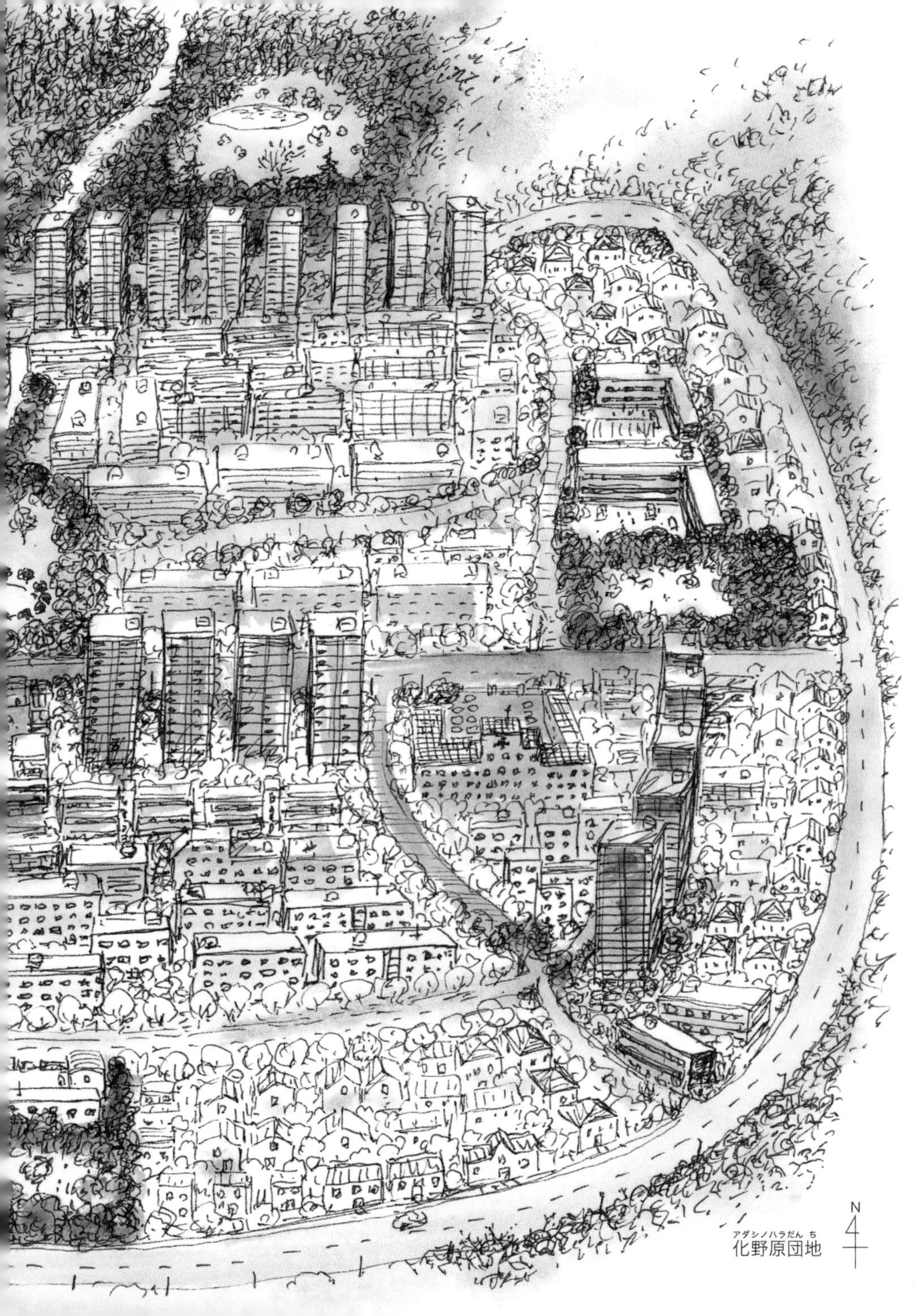
化野原《アダシノハラ》団地《だんち》
N

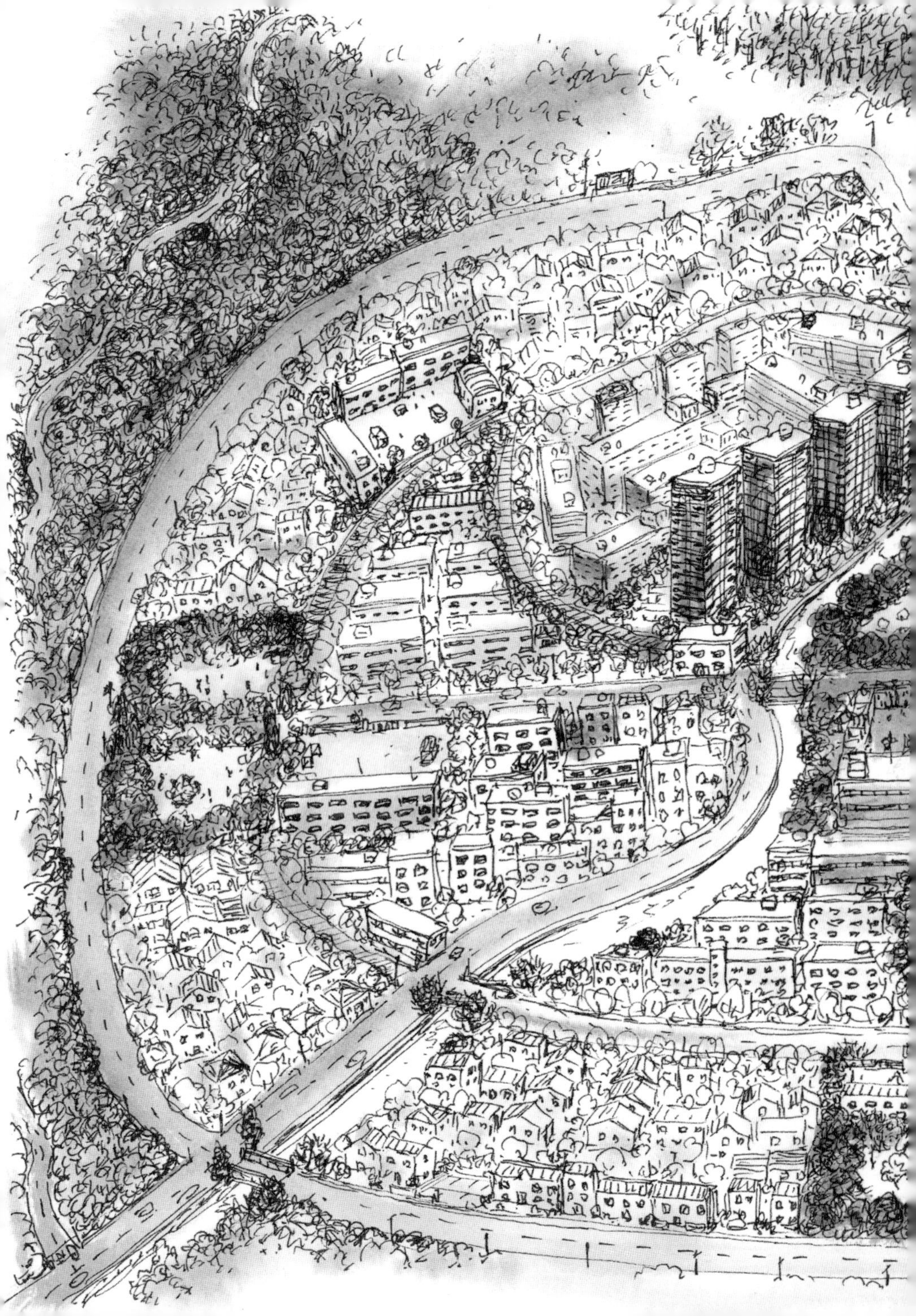

化野原《アダシノハラ》団地《だんち》のバス通りでは、ナンキンハゼの並木《なみき》が、こずえの葉を赤や黄色にそめていました。公園の桜《さくら》の木は、葉を散《ち》らし、ひと雨ごとに風がすみわたっていくようです。もうじき十月が終わろうとしていました。

東町《ひがしまち》三丁目B《ビー》棟《とう》地下十二階の九十九《つくも》さんの家では、妖怪《ようかい》家族がせいぞろいして朝食のテーブルを囲《かこ》んでいました。

やまんばおばあちゃんは鮭《さけ》の塩焼《しおや》きをバクバク食べています。見越《みこ》し入道《にゅうどう》おじいちゃんは納豆《なっとう》をネバネバかきまぜています。一つ目小僧《こぞう》のハジメくんはふりかけをかけたごはんをおいしそうに食べていました。アマノジャクのママアく

んは卵かけごはんを食べ終えて、空っぽになったお茶わんをおはしでチンチキたたいて、ろくろっ首《くび》ママにしかられていました。人の心の中をなんでも見通してしまう妖怪《ようかい》サトリのさっちゃんは、もうごはんを食べ終わってデザートのぶどうの房《ふさ》に手をのばしているところです。もうじき仕事に出かけるヌラリヒヨンパパは、食後のコーヒーを飲みながらテーブルで朝刊《ちょうかん》を読んでいました。パパは、市役所に勤《つと》めているのです。

朝食……といっても、今は夜の八時十五分。妖怪たちにとっては、日が暮《く》れて夜が来る、これからが一日の始まりなのです。

「ああ、なんか、面白《おもしろ》いことないかなぁ」

鮭を食べ終えたやまんばおばあちゃんが、ごはんにおみそ汁《しる》をぶっかけながら言いました。

ろくろっ首ママが親切に声をかけます。

「おばあちゃん、おひまなら、いっしょにパッチワーク・キルトを作りません？　もうじき展示《てんじ》発表会があるんですよ」

おばあちゃんはふくれっ面《つら》でママを見ました。

「なによ、それ？　それって、あの、布のきれっぱしをチクチクぬってつなげるやつのこと？　あんなの、ぜんぜん、ちっとも、まったく面白くないじゃない」

「あら、そんなことありませんよ。やってみれば、おばあちゃんもきっと気に入ると思いますよ。キルトっていうのはね……」

ろくろっ首ママが、パッチワーク・キルトの楽しさについて、今まさに話し始めようとした時でした。

テーブルのすみっこに置かれた、ヌラリヒョンパパの携帯《けいたい》電話の着メロが鳴り出したのです。それは、勇《いさ》ましく重厚《じゅうこう》な、ワーグナーのワルキューレのメロディでした。

市役所に勤《つと》めだしてから携帯電話を持つようになったヌラリヒョンパパでし

たが、その携帯《けいたい》に電話がかかってくるなんていうことは、めったにないことでした。

だから、今、テーブルの隅《すみ》でワルキューレをかなで始めた携帯をみつめて九十九《つくも》さんちの全員は、ぎょっとしたように、ポカンとしたように固まってしまいました。

やっと気を取り直したパパが、あわてて電話に出るのを、みんなは興味《きょうみ》しんしんで見守ります。

「なにか、事件《じけん》かな?」と、見越《みこ》し入道《にゅうどう》おじいちゃんがつぶやくと、アマノジャクのマアくんが「イシシシシシ」とうれしそうに笑《わら》いました。

おじいちゃんも、マアくんも、それから実はやまんばおばあちゃんも、事件や、もめごとや、やっかいごとに首をつっこむのが大好《だいす》きだったのです。

「はい、ヌラリヒョンです」

パパは、そう名乗ってから、電話の向こうの相手の話にあいづちを打ち始めました。

「え？　本当ですか？」とか、

「それはまた、急な話ですね」とか、

「いつ、いらっしゃるんですか？」とか、

「うーん……」とか……。

最後《さいご》にパパは「わかりました」と、電話の向こうの相手に向かってうなずきました。

「そういうことなら、もちろん、協力《きょうりょく》させていただきますよ。ただ……」

パパの目が、見越し入道おじいちゃんと、やまんばおばあちゃんと、アマノジャクのマアくんの顔をすばやく見わたすのがわかりました。

「いろいろ、不安材料《ふあんざいりょう》はありますが、まあ、きっと、なんとかなるでしょう」

そう言って、パパが電話を切ったとたん、まずママが質問《しつもん》しました。

「どなたからでした？」

「野中《のなか》さんからだったよ」と、パパが答えます。

野中さんというのは、市役所の〝地域共生課《ちいききょうせいか》〟の課長《かちょう》さんで、ヌラリヒョンパパのボスです。野中さんは、妖怪《ようかい》ではなくて人間なのですが、地域における妖怪と人間の共生……つまり妖怪と人間が仲良《なかよ》くいっしょに暮らしていくためのさまざまなお手伝《てつだ》いを長年手がけてきた妖怪問題のプロフェッショナルなのでした。

「野中さんがこんな時間に電話してくるなんて、何かよっぽど大変《たいへん》なことが起きたんじゃないの？」

やまんばおばあちゃんが、ウキウキしたようすでたずねました。さっきも言ったように、おばあちゃんときたら、大変なこと、やっかいなことに首をつっこむチャンスを、いつだってねらっていましたからね。

フウッと、ヌラリヒョンパパは、大きく息をつきました。そして、まるで口にしたくない言葉《ことば》をむりやり胸《むね》の奥《おく》から押《お》し出すようにゆっくりノロノロと言ったのです。

「実はね、EGU《イージーユー》の会長が、ご家族といっしょにこの団地《だんち》を視察《しさつ》にみえるそうなんだよ」

「EGUって、なに？」

ハジメくんが、すかさず質問《しつもん》します。パパは、またまた言いづらそうなようすで説明《せつめい》しました。

「Eは、ヨーロッパ《Europe》のE。Gは、ゴブリン《Goblin》……つまり魔《ま》もののG。Uは、ユニオン《Union》。だから、EGUというのはね、〝ヨーロッパ魔もの連合《れんごう》〟の略《りゃく》なんだ」

「ヨーロッパ魔もの連合？」

ハジメくんが首をかしげ、かわっておじいちゃんがたずねました。

「なにもんじゃい？　なにしに来るんじゃい？」

パパが答えます。

「今回はもともと、会長ご夫妻《ふさい》の結婚《けっこん》十五周年記念《しゅうねんきねん》のプライベートな旅行だったらしいんだけどね、せっかく日本に来たんだから、妖怪《ようかい》と人間が共生《きょうせい》している団地《だんち》のモデルをぜひ見学できないかとおっしゃっているんだそうだよ。今後の参考《さんこう》のためにね。それで、外務省《がいむしょう》の国際共生課《こくさいきょうせいか》を通じて、最終的《さいしゅうてき》に、うちの地域共生課《ちいききょうせいか》の方に話がまわってきたわけさ。つまり、うちの課《か》が、会長一家を団地見学にご案内《あんない》することになった、ということなんだよ」

ハジメくんが、一つ目玉をくるりとまわして、口を開きました。

「その、ヨーロッパ魔《ま》もの連合《れんごう》の会長さんの家族が、この団地を見に来るってことなんだね？　パパたちの案内で……。でも、会長さんたちも魔ものなの？　それとも人間？」

ヌラリヒョンパパは、核心《かくしん》をつくハジメくんの質問《しつもん》に、「ウオッホン」と一つせきばらいをして、心を落ちつけ、それから答えました。

「会長さんの名前はウォルフガング・ウォルフ。ウォルフさん一家は、五人家《か》族《ぞく》なんだ。お父さんはオオカミ男でお母さんは魔女《まじょ》。子どもたちは三きょうだいで、上の男の子ふたりは、パパ似《に》のオオカミ男で、末《すえ》っ子《こ》のおじょうちゃんは、ママ似の魔女っていうことだよ。ドイツからの旅行中なんだってさ」

やまんばおばあちゃんが、興奮《こうふん》したようすで話にわって入ってきました。

「オオカミ男と、魔女が来るのね？　この団地に!!」

「イシシシシシシ」

アマノジャクのマアくんも、有頂天《うちょうてん》で笑《わら》い出します。

「やったぞ！　そいつらって、人間のこと、バクバク食べちゃうよね、パパ？」

「バクバク食べたりしないよ」

ヌラリヒョンパパは、疲《つか》れたようにため息《いき》をついて、マアくんに説明《せつめい》しました。

「この団地を見学に来たいって言ってらっしゃることからもわかるように、E《イー》

GU《ジーユー》の会長さんも、妖怪と人間の共生《きょうせい》を目ざしているんだよ。人間を食べたりするもんか」

マアくんは「つまんないの」と言ってだまりこみましたが、やまんばおばあちゃんは食いさがります。

「でも、奥《おく》さんの方は、どう？　魔女《まじょ》なんでしょ？　もしかしたら、ステキな旅の思い出に、団地《だんち》中の人間をカエルに変《か》えてみたいわって思ってないかしら？」

ヌラリヒョンパパは、深く大きなため息《いき》をついて、おばあちゃんをたしなめました。

「そんなこと思ってないよ。おばあちゃん、お願《ねが》いだから、会長さんや奥さんに会っても、そんな失礼《しつれい》なことは言わないでくださいよ」

「あら、あたしは、ただ、お客さまに喜《よろこ》んでもらえるようなおもてなしを提案《ていあん》しようかなって思っただけよ」

プンとふくれるおばあちゃんを見て、今までだまっていたサトリのさっちゃんが口を開きました。

「うそばっか。おばあちゃんはただ、団地中の人たちがカエルになっちゃうとこを見てみたいだけでしょ？」

見越《みこ》し入道《にゅうどう》おじいちゃんが、またパパに質問《しつもん》しました。

「わしゃ、よその国の魔《ま》もののことは、よう知らんがな。そいつらは、でかくなるんかな？　つまり、巨大化《きょだいか》できるのか、っていうことじゃ。そこんとこが、一番かんじんじゃからな」

「いいえ」

パパが首を横にふります。

「オオカミ男も、魔女も、巨大化したりはしませんよ。オオカミ男は普通《ふつう》、人間と同じ姿《すがた》をしていて、ただ月の光をあびるとオオカミの姿《すがた》に変身《へんしん》するんです。でも、おじいちゃんみたいにばかでかくはなりません。魔女も、同じく、大きくなったりはしません。ホウキに乗って空は飛《と》べるようですがね」

「なんじゃ、つまらん。巨大化《きょだいか》くらべもできんのか」

おじいちゃんはブツブツ言っています。

今度は、ろくろっ首《くび》ママが質問《しつもん》しました。

「それで、その方たちは、うちにもお寄《よ》りになるのかしら？　だって、ただ団《だん》地《ち》を見て回るだけじゃ、どうやって妖怪《ようかい》が人間の団地で暮《く》らしてるかわからないでしょ？　もしかしたら、わが家の暮《く》らしや、家のようすなんかをごらんになりたいんじゃないかと思うんだけど……」

「そうなんだよ」

パパは、ママがそのことを言い出してくれたことにホッとしながら、先を続けました。

「実は、野中《のなか》さんから、さっき電話でたのまれたのは、そのことなんだよ。会長一家に、団地を見学してもらったあと、うちで食事をしてもらうっていうのは、どうだろうか……ってね。もちろん、ママがオーケーならだけど……」

ろくろっ首ママは、パパの言葉を聞くと一瞬《いっしゅん》、だまりこみました。何か考えこむように首をかしげるママを見て、ヌラリヒョンパパは心配になって言いました。

「いや、いや、もちろん、外国のお客さまをお招《まね》きして食事をお出しするなんて、とっても大変《たいへん》なことだからね。ママがむりだって言うんなら、深夜営業のレストランにご案内《あんない》するから大丈夫《だいじょうぶ》だよ。野中さんも、そう言っていたんだ。むりだったら、えんりょなくそう言ってくれって……」

「いいえ」

きっぱりとママは言いました。

「レストランなんて、とんでもない。ぜひ、うちに来ていただかなくっちゃ。それが、本当の、おもてなしというものよ」

ママはそう言うと、たのもしいようすでパパに向かってうなずきました。

「私《わたし》はね、ただちょっと、外国からのお客さまにお出しするメニューはなにがいいかしらって考えてただけですよ。でもだいじょうぶ。とにかく食事のことは、すべて私にまかせてくださいな。どうぞ、EGU《イージーユー》の会長のご家族をうちにお連《つ》れしてくださいね。みんなで心から、おもてなししますから」

サトリのさっちゃんが、ヒュッと小さく口笛《くちぶえ》をふいて、小さな声で言いました。

「ママ、はりきってるぅ……」

「いつじゃい？」

と、聞いたのはおじいちゃんです。

「その外国の客は、いつ家に来るんじゃ？」

ヌラリヒョンパパは、テーブルについた家族をぐるりと見回して、「ウオッホン」とせきばらいを一つ。それから言いづらそうに答えました。

「それがね、明日なんだよ」

「まあ、大変《たいへん》」と、ママが言いました。

「さっそく、準備《じゅんび》をはじめなくちゃ」

「やったあ！」

マアくんが叫《さけ》びました。

「うちに来るぞ！　うちに来るぞ！　オオカミ男と魔女《まじょ》が来るぞ！」

こうして、ＥＧＵの魔《ま》もの一家が、九十九《つくも》さんちにやって来ることになったのです。

さあ、それからさっそく、ろくろっ首《くび》ママは外国からのお客さまたちをおむかえする準備《じゅんび》にとりかかりました。家中をピカピカにみがきあげ、お料理のメニューを考え……。大勢《おおぜい》がみんなで食卓《しょくたく》を囲《かこ》めるように、いつもよりずっと大きなテーブルも用意しなくてはなりません。

団地《だんち》見学の時には、お客さまを案内《あんない》するために、地域共生課《ちいききょうせいか》の野中《のなか》さんと女《め》神《がみ》さんもやって来るのだそうです。事務員《じむいん》の女神さんの特技《とくぎ》は、人ならぬものの言葉《ことば》をキャッチする〝口《くち》よせ〟だけかと思ったら、大まちがい。なんと五カ国語をあやつることができるのだとか……。だから今回は、ドイツからのお客さまたちの通訳《つうやく》にかりだされることになったというわけです。野中さんと女神さんのほかに、化野原《アダシノハラ》団地《だんち》管理局《かんりきょく》の的場《まとば》さんというおじさんも、今回の団地見学のお手伝《てつだ》いをします。この的場さんは、人間たちに正体《しょうたい》を隠《かく》して団地で暮《く》らす九十九《つくも》さん一家のよき理解者《りかいしゃ》であり協力者《きょうりょくしゃ》でした。そして、化野原団地のことをだれよりも一番よく知っているのも的場さんでした。ろくろっ首ママは、人間の野中さんと女神さんと的場さんも、食事に招待《しょうたい》するつもりでした。

　お客様の家族が五名、九十九さんの家族が七名、それから野中さんと女神さんと的場さん。だから食卓を囲むメンバーはみんなで十五名ということになります。それだけ大勢の人たち……いえ、妖怪と人間たちのために、おもてなしの準備をするというのは、なかなか大変《たいへん》なことでした。

　ディナーのためのテーブルは、的場さんが、団地のコミュニティーセンターの会議室《かいぎしつ》の大机《おおづくえ》を貸《か》し出《だ》してくれることになりました。それは、重たくて大きくてりっぱなカシ材《ざい》の机《つくえ》でしたが、力持ちのマアくんがらくらくと地下十二階の家まで運び、ママはその机《つくえ》に家中で一番大きいテーブルクロスをかけました。足りない分のイスも、コミュニティーセンターから運び入れ、ふかふかのクッションをのっけます。

テーブルウェアを整え、お花を飾《かざ》るための大きな花びんを出し、スリッパをそろえ……。もちろん、一つ目小僧《こぞう》のハジメくんも、サトリのさっちゃんも、その日はママのお手伝《てつだ》いをしました。

やがて夜が終わり、太陽が高くのぼるころになると、九十九《つくも》さんちの妖怪《ようかい》たちはみんなベッドに入ってねむりにつきましたが、ろくろっ首《くび》ママだけはねむるわけにはいきませんでした。スーパーマーケットの開店を待って買い物に出かけ、いよいよお料理《りょうり》の下ごしらえを始めるためです。

いつもならママが買い物に出かけるのは、夕方、日が落ちてからでしたが、その日の夜にはお客さまたちがやって来ることになっていましたから、ママはどうしても日の高いうちに材料《ざいりょう》を買ってこなければなりませんでした。妖怪というものは、べつにねむらなくったって、どうということはありません。寝不《ねぶ》足《そく》なんて関係《かんけい》ないのです。ただ昼間のお日さまの光が苦手《にがて》な妖怪たちは、冬の寒さが苦手な動物たちが冬眠《とうみん》して冬をやりすごすように、昼間は、光をさけてねむっているものなのです。だから、まっ昼間から買い物に出かけるということは、妖怪にとってはたいへんな仕事でした。特《とく》に、ろくろっ首ママのように、いつも美容《びよう》と健康《けんこう》に気をつかっている妖怪にとってはね。

だから、その日のママときたら、厳重《げんじゅう》のうえにも厳重な服装《ふくそう》に身を固《かた》めていました。でっかいカートをひっぱり、大きなツバ広帽《ひろぼう》にサングラスとマスク、腕《うで》にはアームカバー、首もとにはショール。おかげでスーパーへの道すがら、すれちがった何人かのママのパッチワークなかまたちは、それが九十九さんちの奥《おく》さんだとはまったく気づかなかったほどです。

そうやって、ろくろっ首ママは、だれにも気づかれずにスーパーに行って、だれにも気づかれずに山盛《やまも》りのお肉やお野菜を買って帰ってきました。そして、

さっそく、すばらしいごちそうの準備《じゅんび》にとりかかったのです。

さていっぽう、そのころ、ヌラリヒョンパパも働《はたら》いていました。いつもなら、市役所の地域共生課《ちいききょうせいか》でのパパの勤務《きんむ》シフトは、夜の九時から、明け方の五時までの夜中の時間帯《たい》でした。だって、地域共生課に相談《そうだん》や仕事の依頼《いらい》にやって来る市民の中には、人間ばかりではなく、妖怪《ようかい》もまじっていましたから、窓口《まどぐち》はなんとしても夜の間中開けておかなくてはならなかったのです。そのために地域共生課では、ふだん、野中《のなか》さんと女神《めがみ》さんが朝から夕方、ヌラリヒョンパパが夜から明け方の時間帯をカバーすることになっていたのですが、今日はそういうわけにはいきませんでした。その日の夜おむかえするEGU《イージーユー》からのお客さまのために、スタッフ全員で、団地案内《だんちあんない》のルートを考え、スケジュールを決め、各《かく》方面の手配《てはい》もしなければならなかったからです。

ヌラリヒョンパパは、ヌラリと消えてヒョンと出る、瞬間移動《しゅんかんいどう》がお得意《とくい》でしたから、その日はその能力《のうりょく》を使って何度も、化野原団地《アダシノハラだんち》とオフィスの間を行ったり来たりしました。

団地《だんち》の北の山すその林で暮《く》らすオクリオオカミたちの所に行って、外国からのお客さま一家が今夜団地見学のためにやって来るから、くれぐれも警備《けいび》をよろしく……と伝《つた》えたり、満月池《まんげついけ》の河童《かっぱ》たちや、ペントハウスに住むカラス天狗《てんぐ》一家の所にも、それぞれお客さまがやって来ることを連絡《れんらく》に行き、細かな打ち合わせを行いました。

ただ、一つだけヌラリヒョンパパには心配なことがありました。その夜が、満月だということです。

「たしかうわさでは、オオカミ男というものは、満月の光を浴《あ》びると、オオカミの姿《すがた》に変身《へんしん》してしまうのではありませんでしたか?」

パパは野中さんに、そう切り出しました。

「団地の中を見学しているうちにお客さまたちが、オオカミに変身してしまって、そこを万が一、人間のだれかに見られたりすると……」

パパの言葉に野中さんがうなずきました。
「そうなんですよ。私《わたし》も、きのう、外務省《がいむしょう》の国際共生課《こくさいきょうせいか》から団地見学の話があった時、まっ先にその事を質問《しつもん》しました。〝明日の夜は満月ですが、お客さまたちは外を出歩いて大丈夫《だいじょうぶ》なんですか？〟って……」
すると、デスクトップパソコンの前で、EGU《イージーユー》の専用《せんよう》サイトをのぞいていた女神《めがみ》さんが、興奮《こうふん》したようすで横から口をはさみました。
「オドロキ、モモノキ、サンショノキ、ですよ。なんと、ヨーロッパでは、オオカミ男のためのサングラスが商品化されてるんですって！　その、専用サングラスをかけてれば、月の光もなんのその。変身《へんしん》することなく、自由に外をほっつき歩けるってぃうわけです。ビックリ、シャックリ、コックリさん！ でしょ？」

「ほう、それはたしかにおどろきですねぇ」

ヌラリヒョンパパも女神《めがみ》さんの言葉《ことば》に目を丸くしました。

こうして、EGU《イージーユー》のオオカミ男会長一家をむかえる準備《じゅんび》はバタバタと整っていきました。

ほら、見てください。これが化野原団地《アダシノハラだんち》見学ツアーのスケジュールです。

1 午後九時・お客さま到着《とうちゃく》

・ホテルから車で化野原中央公園の入り口に到着。

（お出むかえは、野中《のなか》さん、女神さん、的場《まとば》さんとヌラリヒョンパパ）

2 午後九時十分〜午後十時・満月池《まんげついけ》の河童訪問《かっぱほうもん》

・河童たちが日本の妖怪《ようかい》の伝統文化《でんとうぶんか》を披露《ひろう》する予定。

（演《だ》し物《もの》は検討中《けんとうちゅう》）

3　午後十時～午後十時三十分・天狗《てんぐ》一家の家へ移動

・団地内のようすを見学しながら、徒歩《とほ》で南町《みなみまち》一丁目A棟《エーとう》まで移動。

4　午後十時三十分～十一時三十分・カラス天狗《てんぐ》の家訪問

・エレベーターでA棟屋上ペントハウスへ。カラス天狗一家のお宅《たく》からの夜景《やけい》をながめながらひと休みしてもらう。

（屋上で、天狗パパのホラ貝と子天狗の和太鼓演奏《わだいこえんそう》、天狗ママ特製《とくせい》サンザシジュースでおもてなし）

5　午後十一時三十分～午後十一時四十五分・九十九《つくも》さんの家へ移動

・マイクロバスで南町から東町三丁目まで移動。

（バスは前もって南町一丁目A棟前に用意しておく。移動後は東町三丁目B棟《ビーとう》前の来客用駐車《ちゅうしゃ》スペースにとめる。運転は的場さん）

6　午前零《れい》時～午前二時三十分・九十九さんの家で食事会

・参加《さんか》メンバーは、お客さま一家と、九十九《つくも》さん一家、野中《のなか》さん、女神《めがみ》さん、的場《まとば》さんの計十五名。みなで、ろくろっ首《くび》ママ手づくりの料理をいただきながら、楽しく歓談《かんだん》する。

7　午前二時三十分（丑三《うしみ》つ刻《どき》）・ツアー終了《しゅうりょう》

・B棟玄関《びーとうげんかん》前に、ホテルからのおむかえの車が到着《とうちゃく》。（二時四十五分）

・玄関前で、お客さまをお見送り。参加メンバーは、警備担当《けいびたんとう》のオクリオオカミ一同、九十九さん一家、野中さん、女神さん、的場さん。

8　解散《かいさん》――午前三時の予定

パソコンを使って打ち出したスケジュール表を見て女神さんがうれしそうに言いました。

「万全《ばんぜん》、ベンゼン、アストリンゼンですね！　完璧《かんぺき》な計画ですよ！」

ヌラリヒョンパパは、注意深くスケジュール表をながめ、問題点を指摘《してき》しました。

「満月池《まんげついけ》に行くのが九時過《す》ぎだとすると、公園にはまだ人通りがありますよ。夜のジョギングを楽しんでいる人間もいるでしょう。河童《かっぱ》たちが演《だ》し物《もの》をしているところを、人間に見られないようにしないとね」

野中さんが、パパの言葉にうなずきます。

「そうですね。的場さんに相談して、今夜は八時以降《いこう》、中央公園に団地《だんち》の人たちが入らないように手配しましょう。そうですねぇ……。除草剤《じょそうざい》を散布《さんぷ》するとか、殺虫剤《さっちゅうざい》をまくからとか、なにかうまい理由を考えて〝立ち入り禁止《きんし》〟の立て札《ふだ》を立てておきますよ」

ヌラリヒョンパパが、また口を開きました。

「天狗《てんぐ》さんたちの、ホラ貝と和太鼓《わだいこ》の演奏《えんそう》というのも、いかがなものでしょう？　夜中の十一時に、マンションの屋上でだれかがホラ貝をふいて、太鼓をたたき始めたら、ご近所から文句《もんく》が出ませんかね？」

「たしかに、たしかに」

野中《のなか》さんがまたうなずきます。

「夜中に屋上でホラ貝はまずいですね。天狗《てんぐ》さんたちにはペントハウスの中で、歓迎《かんげい》の演奏《えんそう》をしてもらうことにしましょう。あのお家は防音設備《ぼうおんせつび》が整っていますから、家の中でなら大丈夫《だいじょうぶ》ですよ」

野中さんとヌラリヒョンパパのやりとりを聞いていた女神《めがみ》さんが、大きな目をキラキラさせて言いました。

「アズキ、トンテキ、大感激《だいかんげき》！　やっぱ、プロの目はちがいますね！　小さなミスも見のがさないなんて、チョーステキ！　これで、もう安心ですね！　化野原団地《アダシノハラだんち》見学ツアー、きっとうまくいきますよね！」

『そうですね。きっと、うまくいきますよ』

と言えないまま、ヌラリヒョンパパは、大きな頭をちょっとかしげてだまっていました。

だって、パパにはまだまだ心配なことがいっぱいあったのです。見越《みこ》し入道《にゅうどう》のおじいちゃんは、とんでもないことをしでかさないでしょうか？　やまんばおばあちゃんは何か悪だくみを考えていないでしょうか？　アマノジャクのマアくんは、ちゃんとおりこうにしているでしょうか？

もう刻々《こくこく》と夜が近づいていました。

三

その日の夜八時半。ヌラリヒョンパパは、野中《のなか》さん、女神《めがみ》さん、的場《まとば》さんとともに化野原《アダシノハラ》中央公園前で、お客さまの到着《とうちゃく》を待っていました。パパはついさっきまで、ヌラリ、ヒョンッと瞬間移動《しゅんかんいどう》で団地《だんち》のあちこちを回り、見学ツアーのための最終確認《さいしゅうかくにん》を行っていたのですが、どうやらお客さまをおむかえする用意は、なんとかかんとか整ったように思われました。

いっしょにお客さまの到着を待っている、野中さんがパパにたずねました。

「結局《けっきょく》、河童《かっぱ》のみなさんの演《だ》し物《もの》は、何に決まったんですか？」

「さあ……」と、パパは首をかしげます。

「私《わたし》も聞いてみたんですが、教えてくれないんですよ。本番までわれわれにもないしょにしておくつもりのようです」

「なるほど……」

野中さんがうなずきながら、小さな声でつぶやきました。

「楽しみなような……ちょっと心配なような……」

「あのう、心配といえば、さっきから、ちょっと、気になってることがあるんですけどね」

団地管理局《かんりきょく》の的場さんが横から、真面目《まじめ》くさったようすで口をはさみました。

みんなが、なにごとだろうと、的場さんに注目します。的場さんはバス道路の方を向いて、公園に背《せ》を向けたまま、みんなの顔をぐるりと見回して、声をひそめました。

「あのっすねぇ、さっきから、公園の中をうろついてる人……いや、たぶん妖《よう》怪《かい》がいるようなんすよね。木の陰《かげ》に隠《かく》れたり、植《う》えこみの奥《おく》からこっちをのぞいたり、あっちへ歩いていったかと思うと、またこそこそこっちへもどってきたり……」

女神《めがみ》さんが、長いまつげをふるわせて、とびきりのヒソヒソ声でささやきます。

「まさか。EGU《イージーユー》会長をねらう、国際《こくさい》スパイだったりして！」

「いや、いや」

的場《まとば》さんは即座《そくざ》に首を横にふって、女神さんの言葉《ことば》を打ち消しました。

「ちがいますね、あれは、たぶん、九十九さんちのおばあちゃんっすよ。サングラスにほっかむりで変装しているみたいでしたけど、あれは明らかに、やまんばのおばあちゃんっす」

ヌラリヒョンパパは、大きなため息《いき》とともに顔を上げ、的場さんの後ろに広がる公園に目を向けました。

ジンチョウゲの茂《しげ》みの陰《かげ》で、だれかがあわてて首をひっこめるのが見えまし

立入り禁止
化野原中央

た。

的場《まとば》さんの言うとおりです。サングラスにほっかむりをした怪《あや》しいそいつは、やまんばおばあちゃんにちがいありませんでした。

「まったく、なんで、こんなところをうろついているんだろうなあ……」

ヌラリヒョンパパはブツブツ言いました。

「さては、お客さまの到着《とうちゃく》を待ちかねて、ようすを見に来たんだな。ほんとに、しょうがないなあ……。ちょっと、家に帰って待っているように注意してきますよ」

パパはそう言うと、やまんばおばあちゃんが隠《かく》れているジンチョウゲの茂《しげ》みの方へ、まっすぐ近づいていきました。

茂みの前でヌラリヒョンパパは、「ウオッホン」と一つせきばらいをしてから、奥《おく》に向かって声をかけました。

「おばあちゃん。そこにいるのは、わかってますよ。いったい、なにをしてるんです？」

茂みの奥からは、なんの返事もありません。

「おばあちゃん」

パパがもう一回声をかけた時、小さな声が早口に答えるのが聞こえました。

「おばあちゃんなんて、いませんよ」

「じゃあ、いませんよって今答えたのは、だれですか？」

ヌラリヒョンパパは追及《ついきゅう》しました。

茂みの奥のだれかさんは、まただまりこみます。きっとなんと言ってごまかそうかと考えているのでしょう。そんなことぐらい、さっちゃんじゃなくったってわかります。

やがて茂みのむこうのだれかさんは、ヌラリヒョンパパにこう、言いました。

「もし、おばあちゃんがいたら、なんだっていうのよ。あんたに、関係《かんけい》ないでしょ」

ひらき直っています。

パパは、とうとう茂《しげ》みをかきわけて、その奥《おく》をのぞきこみました。

「関係《かんけい》おおありですよ。ほら、やっぱり、おばあちゃんだ」

サングラスにほっかむり姿《すがた》のやまんばおばあちゃんを、ジロジロ見つめながら、パパは言いました。

「おばあちゃん。そんなとこにいないで、さっさと家に帰って、家で待っていてくださいよ。お客さんは、ここに到着《とうちゃく》しても、うちにいらっしゃる前に、まだ先に、あちこち回るところがあるんだからね」

「あら、お客さんなんて関係ないわ。あたしは、ただ、夜のお散歩《さんぽ》を楽しんでただけなんですからねえーだ。公園をお散歩しちゃいけないんですかねえ」

サングラスをかけたおばあちゃんが、口をとんがらせたので、ヌラリヒョンパパは、もう一度言ってきかせなければなりませんでした。

「おばあちゃん、今夜は中央公園は立ち入り禁止《きんし》ですよ。ほら、そこの入り口にちゃんと〝立ち入り禁止〟の看板《かんばん》が立ってるだろ？　それに、ただの散歩ならどうして、サングラスにほっかむりまでして、コソコソしてたんだい？　さあ、もう、ごちゃごちゃ言ってないで、家に帰ってくださいよ。あとで、お客さまをおつれするから、家で待っててくれればいいんだからね」

「なんで、あたしにばっかり言うのよ」

おばあちゃんは、プンプンして言いました。

「コソコソしてるやつなら、ほかにもいるのに」

「え？」

パパはおどろいて、きょろきょろと暗がりの中、公園を見回します。ほかにもだれかがいるとは思っていなかったのです。

しかし、そうやって注意深く目を配《くば》ってみると、たしかに、コソコソ隠《かく》れているやつがほかにもいるようでした。

ほら、あっちのアジサイの茂みの陰《かげ》で、ピカリと目が光っています。こっちのカイヅカイブキの植《う》えこみが今、風もないのにかすかにゆれました。

ヌラリヒョンパパには、それがだれとだれなのか、だいたい見当《けんとう》がつきました。ちゃんと姿《すがた》を見なくても、すぐにピンときたのです。

パパは、海より深いため息《いき》を一つつくと、公園の暗がりに向かって呼《よ》びかけました。

「おじいちゃん、マアくん、ふたりとも、すぐ出て来なさい。中央公園は今夜は立ち入り禁止《きんし》だよ！」

すると、アジサイの茂《しげ》みの陰《かげ》からアマノジャクのマアくんが、カイヅカイブキの植えこみの裏《うら》から見越《みこ》し入道《にゅうどう》おじいちゃんが姿《すがた》を現《あらわ》しました。

「チェッ！　チェッ！　チェッ！」

マアくんは、みつかったことに腹《はら》を立てて、地面の土をけちらしています。

「だから、言ったじゃろ？」

おじいちゃんは、やまんばおばあちゃんに不機嫌《ふきげん》な声で言いました。

「あっちをウロウロ、こっちをウロウロ動き回ったりするから見つかるんじゃ。じっとしとれと、わしは言ったのに……」

「とにかく」

ヌラリヒョンパパがきびしく、言いわたしました。

「散歩《さんぽ》はおしまい。かくれんぼもなし。三人とも、すぐ、家へ帰ること。お客さまを連《つ》れて私《わたし》が家にもどるまで、もう、一歩も外に出ないこと。いいね？」

「フン。いばっちゃって、やなかんじ」

やまんばおばあちゃんの言葉《ことば》を、パパは無視《むし》しました。

パパはただ、東町《ひがしまち》三丁目B《ビー》棟《とう》の方角をだまって指さし、おばあちゃんとおじいちゃんとマアくんに、家へ帰れと無言《むごん》の指示《しじ》を出したのです。それでやっと、九十九《つくも》さんちの困《こま》ったトリオは、しぶしぶ家へ帰っていきました。

静《しず》かになった公園の道路を、何台かの車が通り過《す》ぎていきました。東回りと西回りの団地《だんち》巡回《じゅんかい》バスも一台ずつ、ヌラリヒョンパパたちの目の前を走り過ぎていきました。

公園の入り口の太い柱《はしら》の上の時計は、あと三分で九時ちょうどを指そうとしています。

その時また、バス通りの闇《やみ》のかなたから一台の車のライトが、公園の方に向かって近づいて来るのが見えました。

「あれじゃないっすか？」

的場《まとば》さんの予感《よかん》は的中《てきちゅう》しました。やがて、でっかい、ピカピカの黒いリムジンが、すべりこむようにして、公園の入り口に止まりました。

「いらっしゃったようですね」と野中《のなか》さん。

「期待《きたい》！　液体《えきたい》！　亜熱帯《あねったい》！　チョードキドキしますね！」

女神《めがみ》さんが、目をキラキラさせてつぶやきます。

横一列にならんだ、出むかえの四名の目の前で、リムジンのドアが開いて、パリッとした制服姿《せいふくすがた》の運転手さんが降《お》りてきました。そして、その運転手さんがすばやく後部座席《こうぶざせき》の横に回り、うやうやしくドアを開けると、車の中からまず、いかしたおじさんが降りてきました。黒っぽいポロシャツのエリをたて、目にはしゃれたサングラス、ラフだけど仕立《した》てのいいチノパン、手にはブランドもののクラッチバッグ。……なんだか、いかにも、バカンス中のお金持ちの外国人旅行者といったかんじです。灰色《はいいろ》の髪《かみ》と長めのもみあげと、ポロシャツのはだけたエリ元にのぞく、胸毛《むなげ》が、ちょっぴり、オオカミ男っぽいと言えなくもありません。

そのおじさんは、満面《まんめん》の笑《え》みを浮《う》かべて、公園の入り口にいならぶヌラリヒヨンパパたちをみつめました。

「ようこそ、いらっしゃいました。ウォルフさんですね？」

野中さんが、にこやかに声をかけると、おじさんがうなずきました。

「ヤー！　ヤー！　イヒ　ハイセ　ウォルフ！　コンニイチハ！」

「まかせてください」

女神《めがみ》さんはつぶやくと、一歩進み出て言いました。

「グーテン　アーベント！　ヘアツリヒ　ウィルコメン　イン　アダシノハラ！」

〝こんばんは、化野原《アダシノハラ》へようこそ‼〟という意味のようです。

ウォルフさんと出むかえの一同が順番《じゅんばん》に握手《あくしゅ》を交《か》わしはじめた時、車の中からはつぎつぎに、ウォルフさんちの子どもたちが降《お》りてきていました。

お父さん似《に》の灰色《はいいろ》の髪《かみ》の男の子がふたり。ひとりは、ひょろんと背《せ》が高くて〝すきやねん〟という字をデカデカと書いたＴ《ティー》シャツを着ています。もうひとりは、はしっこそうなちびすけで、Ｔシャツの文字は〝たこ焼《やき》〟でした。ふたりとも、お父さんと同じくサングラスをかけています。きっと、これこそ、満《まん》月《げつ》の光よけの特殊《とくしゅ》サングラスなのでしょう。子どもたちのうちで一番ラストに車から降りてきたのは、ブロンドの髪《かみ》のかわいらしい女の子でした。その子はＴシャツではなくて、ハロウィンのモチーフ柄《がら》のワンピースを着ていました。

男の子たちふたりが、車から発射《はっしゃ》されるような勢《いきお》いで外へ飛び出してきたのにくらべ、この女の子は、まずドアの所で用心深《ぶか》く外のようすをうかがい、スルリと音もなく闇《やみ》の中に出てきました。そして、ひっそりと影《かげ》のようにお父さんの後ろに立つと、そこからじっとヌラリヒョンパパたちを観察《かんさつ》しているようでした。

女の子の後ろからは、ウォルフさんの奥さんが出てきました。娘《むすめ》と同じ、ブロンドの髪《かみ》をふわりとゆらし、黒いワンピースのすそをひるがえして車から降《お》り立ったその人は、たしかにとっても魔女《まじょ》っぽい感じでした。

魔女奥《おく》さんと、女の子はサングラスはかけていません。でも、ふたりとも、四角くて細長い楽器《がっき》ケースのような黒いかばんを手に持っていました。

握手《あくしゅ》を終えたウォルフ父さんが、ニコニコしながら家族を紹介《しょうかい》します。

まず、背高《せいたか》のっぽの男の子の名前は、

「ロルフ」。

ちびっこい
男の子は、
「カール」。
ブロンドの
女の子は、
「エルフリーデ」。
そして奥さんの
名前は、
「ヘカテ」。
ヌラリヒョ
ンパパたち
も、名前を
名乗り、

みんなと握手《あくしゅ》を交《か》わし合いました。

リムジンは、駐車場《ちゅうしゃじょう》目ざして走り去っていきました。

「さあて、それでは、さっそく、団地《だんち》の中をご案内《あんない》しましょうか」

野中《のなか》さんが言いました。

公園の中を満月池《まんげついけ》に向かって歩き出す一行を、東の空にのぼった満月が見つめているようでした。

四

ウォルフさん一家とヌラリヒョンパパたちは、人通りの少ない公園の中をブラブラと、満月池《まんげついけ》に向かって歩いていきました。

女神《めがみ》さんが、ドイツ語で、これからの予定をウォルフさんに説明《せつめい》しています。

今から向かう公園の池には、河童《かっぱ》たちが住んでいて、これから、みなさんに、日本の伝統文化《でんとうぶんか》をおみせすると言っています――。

そう説明されたウォルフさんが、何か質問《しつもん》をしました。

女神さんが、ヌラリヒョンパパにウォルフさんの質問を取りつぎます。

「河童というのは、どんな魔《ま》ものなんですか？　って、聞いてらっしゃいますけど……」

ヌラリヒョンパパは、河童《かっぱ》について説明《せつめい》しました。

「河童というのは、水辺《みずべ》の妖怪《ようかい》で、昔むかしから日本各地《かくち》に住んでいたようです。川や池や海の水中でくらし、時おり人間の前に現《あら》われて、いたずらや悪さをしかけてくるんですよ。力がたいへん強く、水を飲みに来た馬を水中にひっぱりこんだり、人間の子どもに相撲《すもう》をふっかけておぼれさせようとしたり……。そういう話が今も、日本各地に残《のこ》っています」

さっそく女神《めがみ》さんが、パパの言葉をドイツ語で、ウォルフさんに伝《つた》えます。

ウォルフさんは、ニコニコとうなずきました。

「ヤー！　ヤー！　アハ、ゾー！」

アハ、ゾー……というのは、ナルホド、という意味です。

それからウォルフさんは自分の家族にむかって、何やらペラペラと言葉《ことば》をかけました。その言葉を女神さんがまたすばやくパパたちに通訳《つうやく》します。

「〝そういえば、ドイツのおとなりのチェコにも日本の河童とよく似《に》た水生の魔《ま》ものがいるよ〝って、ウォルフさんがおっしゃってます」

のっぽのロルフくんが、ペラペラっと質問《しつもん》をはさみました。

「河童は変身《へんしん》するんですか？　ですって」と通訳してから女神さんは自ら首を横にふってロルフくんの質問にドイツ語で答えました。

「河童は変身しません」てね。

ウォルフさんの奥《おく》さんのヘカテさんも、

「じゃあ、空は飛《と》ぶの？」とたずねましたが、これにも女神さんは「ナイン！」……いいえと答えました。河童は空なんて飛びませんものね。

あとのふたりの子どもたちは、何も言いませんでした。ちびのカールくんは、サングラスをかけた目で、ひたすらキョロキョロあたりを見回していました。

まるで、何かおもしろいことはないかな？　というように。

女の子のエルフリーデちゃんは、やっぱり影《かげ》ぼうしのように、ひっそり、静《しず》かに、お父さんの後ろにくっついて歩いています。

こうやって、ブラブラ、ゾロゾロと、団地《だんち》見学の一行は、公園のまん中にある満月池《まんげついけ》まで歩いていったのです。たどり着いてみると、池は、夏の間に茂《しげ》った木立《こだち》に囲まれ、シンと静《しず》まりかえっていました。

木立の切れ間に顔をのぞかせた満月が、鏡《かがみ》のような池の水面にくっきりと丸い影《かげ》を落としています。

ところが、その時――。

突然《とつぜん》、にぎやかな、不思議《ふしぎ》な音が、夜のしじまにひびきわたりました。

ジャーチキ、ジャーチキ、

ジャーチキ、チキ、チキ。

ジャーチキ、ジャーチキ、

ジャーチキ、チキ、チキ。

みんなは、びっくりして、音のする方に目を向けました。

池の向こう岸に、河童《かっぱ》たちがズラリとならんでいました。

青白い月の光の中、ならんだ河童たちは、なんだか、おかしなかっこうをしています。

どこで手に入れたのか、全員がおそろいの、ピカピカの陣羽織《じんばおり》を着て、頭にはむらさき色の頭巾《ずきん》。そして、何やら手に持ったものを、ねじるようにして、みんなで、ジャーチキ、ジャーチキ、音をたてているのでした。

まん中に立つ河童が一歩進み出るのが見えました。

的場《まとば》さんがボソッとつぶやきます。

「河童さんたち、何をやる気っすかね？」

「あの、音を鳴らしているものは、いったいなんでしょう？」

野中《のなか》さんも、やや不安《ふあん》そうに河童たちを見守っています。

その時、進み出た河童が、口上《こうじょう》をのべはじめました。

「さてさて、遠き異国《いこく》の地より、はるばるお越《こ》しのみなさま方に、ひとことご挨拶申《あいさつもう》しあげまする。ただいまより、お目にかけまするは、われら河童一族伝《かっぱいちぞくでん》来《らい》の芸《げい》にて、その名も、河童の南京《なんきん》玉すだれ。お気にめしたら、これぞ幸《しあわ》せ。さ、さ、どうか、とくと、ごらんあれ！」

的場《まとば》さんが、うなりました。

「南京玉すだれっすか……。しぶいっすねぇ」

「河童一族伝来の芸って言ってましたね。ごぞんじでしたか？」

野中《のなか》さんにたずねられ、ヌラリヒョンパパは首を小さく横にふりました。

「いや……。私《わたし》も、今回初《はじ》めて聞きました」

女神《めがみ》さんは、四苦八苦《しくはっく》しながら、河童の口上《こうじょう》をウォルフさん一家に通訳《つうやく》しています。

そうするうちにも、河童たちがまた、手に持ったすだれを、ジャーチキ、ジャーチキ、鳴らしはじめました。

「さあ、みなさん。ごいっしょに手拍子《てびょうし》を、よろしくっ！」

そう言われて、ヌラリヒョンパパと野中さんと的場さんは、すだれのリズムに合わせ、手をたたきはじめました。

河童一同《いちどう》が、声をそろえて歌い出します。

「さあて、さあて、さて、さて、さて、さて。

さても、南京玉すだれ。

ちょいとのばせば、ちょいとのばせば、
浦島太郎《うらしまたろう》さんの魚釣《うおつ》り竿《ざお》に、ちょいと似《に》たり」

ジャーチキ鳴っていたすだれが、いっせいにぴよんとのびて、釣《つ》り竿《ざお》のようにしなりました。

「オー！　ファンタスティッシュ！」

ウォルフさんは、すばらしい！　と喜《よろこ》んでいます。ヘカテ奥《おく》さんと、のっぽのロルフくんも、感心《かんしん》したように手をたたきましたが、カールくんはあいかわらずキョロキョロしているばかりだし、エルフリーデちゃんはやっぱり、シンとだまりこんでいました。
河童《かっぱ》たちの芸《げい》はつづきます。
「浦島《うらしま》太郎《たろう》さんの魚釣《うおつ》り竿《ざお》が、お目にとまれば、
元へともどす……、元へともどす……」
言いながら今度は、のびたすだれをひっこめます。
「さあて、さあて、さて、さて、さて、さて、さて、
さても南京《なんきん》玉すだれ。
ちょいと返せば、ちょいと返せば、
海の竜宮城《りゅうぐうじょう》のご門でござる」
今度は、すだれがアーチ型《がた》になりました。
「オー！　インテレサント！」
ウォルフさんは面白《おもしろ》がり、奥《おく》さんとロルフくんも大喜《おおよろこ》びで、河童たちに拍手《はくしゅ》
を送りました。

調子《ちょうし》づいた河童たちは、すだれをたくみにあやつって、つぎつぎに芸をくり出します。

すだれは、阿弥陀如来《あみだにょらい》か釈迦牟尼《しゃかむに》の後光《ごこう》に姿《すがた》を変えたり、東京タワーに変わったり、でっかい魚の形にもなりました。

そして、ラストは——。

「さても南京玉すだれ。

ちょいと返せば、ちょいと返せば

日独国旗《にちどくこっき》に、ちょいと似《に》たり」で、すだれを、持ち手つきの旗の形に変えてみせ、それからさらに、

「日独国旗が、お目に止まれば、

しだれ柳《やなぎ》に早がわり」で、旗はたちまち柳のえだになりました。

「しだれ柳に、とびつく河童

これが、河童の玉すだれ、

さても南京玉《なんきん》すだれ」

柳《やなぎ》のえだのようにたれ下がる玉すだれを手にピョンピョンとびはねる河童《かっぱ》たちに、ウォルフさんも奥《おく》さんも、ロルフくんも、……そしてなんと、エルフリーデちゃんまで「ブラボー！」と叫《さけ》びながら、拍手《はくしゅ》を送っています。

「いやぁ、たいしたもんっすねえ」

的場《まとば》さんも感心して手をたたいています。

「河童たちに、あんな芸《げい》があろうとは、私《わたし》も知りませんでしたよ」

ヌラリヒョンパパも、おしみない拍手を河童たちに送りながら、しみじみと言いました。

「みごとでしたね」と、野中《のなか》さん。

「ウォルフさんも、アズキ、トンテキ、大感激《だいかんげき》してるみたいですよ。ホラ、奥さまも、ロルフくんも、エルフリーデちゃんも喜《よろこ》んじゃってます」

そう言った女神《めがみ》さんが、「あれっ？」と首をかしげました。

「一ぴき……、いえいえ、ひとり、たりなくありません？　たしか、もうひとり、パパ似の男の子がいたはずですよね？　カールくんていう男の子が……！」

みんなはキョロキョロとカールくんの姿《すがた》をさがして、あたりに目を配《くば》りました。

女神さんがウォルフさんに「もうひとりの息子《むすこ》さんは、どこへ行ったんですか？」とたずねています。

ウォルフさんと奥さんはあわてて、公園のあちこちに向かって息子の名を呼《よ》びましたが、カールくんは出てきません。どうやら、みんなが知らないうちに、どこかへ姿をくらましてしまったようです。でも、どこへ――？

女神さんが、ウォルフさんと奥さんの言葉《ことば》をみんなに伝《つた》えました。

「カールくんは、三人きょうだいの中で一番のいたずらっ子なんですって。いっつもチョコマカしてて、とんでもないことをやらかすから心配だって、ウォルフさんご夫妻《ふさい》がおっしゃってます」

ヌラリヒョンパパはうなりました。

「うーん。まるで、うちのマアくんみたいだなあ……」

「困《こま》りましたね。とにかく早く、カールくんをみつけないと……」

野中《のなか》さんが深刻《しんこく》な面《おも》もちで言いました。

ウォルフさんと奥《おく》さんは青くなってカールくんの行方《ゆくえ》をさがしていましたが、ロルフくんとエルフリーデちゃんは、カールくんのことをあまり心配しているようには見えませんでした。

ロルフくんが何かをコソッとささやくと、エルフリーデちゃんはだまって、ちょっと肩《かた》をすくめました。

女神《めがみ》さんが、その言葉《ことば》を耳ざとく聞きつけて、ヒソヒソ声でヌラリヒョンパパにささやきます。

「いつものことじゃん……て、ロルフくんは言ってますよ。カールくんはどうも、しょっちゅう行方不明《ふめい》になってるみたいですね」

それからしばらくの間、みんなは手分けして公園の中を捜索《そうさく》しました。南京《なんきん》玉すだれの催《もよお》し物《もの》を終えた河童《かっぱ》たちも手伝《てつだ》ってくれたのですが、カールくんの姿《すがた》を発見することはできませんでした。

やがて、ヌラリヒョンパパが野中さんに言いました。

「野中さんと女神さんは、ウォルフさんたちといっしょに、予定どおりカラス天狗《てんぐ》一家の家へ向かわれてはどうでしょう？　天狗たちも、きっと、お客さまの到着《とうちゃく》を待っているでしょうからね。カールくん捜《さが》しは、私《わたし》と的場《まとば》さんにまかせておいてください」

「でも、ふたりだけで、大丈夫《だいじょうぶ》ですか？」

野中さんが聞き返すと、ヌラリヒョンパパは、にこりと笑《わら》って言いました。

「団地《だんち》の警備《けいび》にあたっているオクリオオカミたちと、それから、このさい、うちの家族にも迷子《まいご》捜しを手伝ってもらいますよ」

的場さんが、パパの言葉にうなずきます。

「問題ないっす。オクリオオカミのみなさんへの連絡《れんらく》は私がひきうけるっすよ」

「わかりました」

やっと野中《のなか》さんもうなずきました。

「では、カールくんのことは、おまかせして、われわれはウォルフさんご一家を、天狗《てんぐ》一家のお家へご案内《あんない》しましょう。もし何かわかったら、ぼくの携帯《けいたい》にすぐ連絡《れんらく》をください」

女神《めがみ》さんが、「カールくんのことは、ヌラリヒョンパパと的場《まとば》さんにまかせてください」と、ウォルフさんに伝《つた》えました。

ウォルフさんと奥《おく》さんは、ふたりで、しばらく言葉《ことば》を交《か》わしていました。やがて、ウォルフさんが「オーケー。ダンケ・シェーン」と、うなずくと、ヘカテ奥《おく》さんが深刻《しんこく》な顔で言葉をつけ加えました。

「どうぞできるだけ早く、あの子をみつけてくださいって……。奥さまは、どうも、いやな予感《よかん》がするっておっしゃっています」
通訳《つうやく》の女神さんの言葉に、ヌラリヒョンパパが大きくうなずきました。
「だいじょうぶ。ご安心を。化野原《アダシノハラ》の妖怪《ようかい》が、全力をあげてカールくんをかならずみつけ出しますよ」
それでやっとヘテカさんも少し安心したように「フィーレン・ダンク」……どうもありがとう、と言ったのです。
満月池《まんげついけ》を立ち去ろうとするお客さまたちのために、河童《かっぱ》たちがまた、ジャーチキ、ジャーチキ、玉すだれを鳴らしはじめました。
ジャーチキ、ジャーチキ、
チキ、チキ、ジャーチキ、
ジャー、ジャー、チキ、チキ、
チキ、チキ、ジャー、
玉すだれのひびきに送られ、ウォルフさんたちは、河童に手をふり、池のふちから歩み去っていきました。

「さて、ではわれわれは、さっそく迷子《まいご》捜《さが》しにとりかかりましょう」

ヌラリヒョンパパが的場《まとば》さんに言いました。

五

野中《のなか》さんと女神《めがみ》さんに連《つ》れられて、ウォルフさん夫妻《ふさい》と、ふたりの子どもたち……ロルフくんとエルフリーデちゃんは、天狗《てんぐ》一家の待つ、南町に向かいました。

的場《まとば》さんは、オクリオオカミたちに迷子《まいご》さがしをたのみに行きました。団地《だんち》管理局《かんりきょく》の的場さんは、その夜のオクリオオカミたちの巡回経路《じゅんかいけいろ》をちゃんと把握《はあく》していたのです。

「大丈夫《だいじょうぶ》っす。今ごろオオカミ警備団《けいびだん》の一行は、ショッピングセンターに向かってるはずっすから、ひとっぱしり、わしが合流《ごうりゅう》して、いっしょに迷子のカールくんをさがしますよ」

そう言って、歩み去っていく的場《まとば》さんの後ろ姿《すがた》を見送ってから、ヌラリヒョンパパは、ヌラリと姿を消しました。

そして、地下十二階のわが家にヒョンと瞬間移動《しゅんかんいどう》したのです。

「あ、パパが帰って来た」

リビングに現《あら》われたヌラリヒョンパパを見て、一つ目小僧《こぞう》のハジメくんが言いました。

「あら、大変《たいへん》！　予定より、ずいぶん早いわ」

あたふたと、キッチンから顔をのぞかせるろくろっ首《くび》ママを安心させるように、パパが言いました。

「いや、いや、お客さまたちは、まだだよ。ちょっとしたアクシデントがあってね」

「アクシデントって？」

まっ先に聞いたのは、やまんばおばあちゃんです。おばあちゃんとおじいちゃんは、リビングのテレビの前に陣取《じんど》って、DVD《ディーブイディー》の洋画を観《み》ているところでした。

ママは、お料理《りょうり》の仕上げにかかっていたらしく、リビングの中はもう、キッチンからあふれ出る幸福《こうふく》なごちそうの匂《にお》いにつつまれていました。

三人の子どもたちは、その、ママのお手伝《てつだ》い中です。

ナイフやフォークやスプーンをならべ、テーブルの準備《じゅんび》をしているハジメくん、インゲン豆の筋《すじ》とりをしているさっちゃん。アマノジャクのマアくんは〝味見《あじみ》〟と称《しょう》して、ママのお料理をつまみ食いしています。

パパは、興味《きょうみ》しんしんで自分を見つめている、やまんばおばあちゃんを見て

「ウオッホン」と一つ、せきばらいをしました。

「いや……。アクシデントっていうか、ハプニングっていうか……」

パパは迷子《まいご》のカールくん捜《さが》しに、九十九《つくも》家の三きょうだいの力を借《か》りようと

思っていました。

だって、ハジメくんの千里眼《せんりがん》なら、カールくんの姿《すがた》を見つけられるでしょうし、心の中を見通すさっちゃんがいれば、通訳《つうやく》なしでもカールくんの考えが理《り》解《かい》できるはずです。もし、カールくんが逃《に》げようとしたり暴《あば》れようとしたりしても大丈夫《だいじょうぶ》、力持ちのマアくんがいますからね。

でも、カールくんさがしに、やまんばおばあちゃんや、見越《みこ》し入道《にゅうどう》おじいちゃんを連《つ》れて行くつもりは、パパにはまったくなかったのです。

このふたりを連れて行けば、かえって話がややこしくなるに決まっています。だからパパは、カールくんが行方不明《ゆくえふめい》になったことは、おばあちゃんたちにはだまっておくことにしました。

「ハプニングって、何よ?」

おばあちゃんは、うやむやにゃと、説明《せつめい》をごまかそうとしているパパにつっこみました。

パパは、思いついた言いわけを必死《ひっし》に組み立てながらしゃべります。

「いや……その……つまり……。ウォルフさんたちがね、せっかくだから、うちの子どもたちもいっしょに、天狗《てんぐ》のホラ貝演奏《えんそう》を聞いたらどうだろうって、言ってくださってるんだ。そうすれば、わが家で食卓《しょくたく》を囲《かこ》む前に、子どもたちどうしがうちとけられるからね。そのほうが、子どもたちも喜《よろこ》ぶからって、そういうおさそいなのさ。だから、子どもたちをむかえに来たっていうわけだよ」

「なんで、子どもたちどうしだけなのよ」

おばあちゃんが不服《ふふく》そうに口をとんがらせました。

「その、オオカミ男と魔女《まじょ》の一家は、おばあちゃんとはうちとけたくないってこと？」

「いや……そうじゃなくて」

困《こま》っているパパの横から、さっちゃんが言いました。

「あたし、行かない。だって、天狗《てんぐ》のホラ貝なんて聞きたくないもん。外国の妖怪《ようかい》なんかと、友だちになんかなくていいもん」

「いいや、さっちゃん」

ヌラリヒョンパパは、さっちゃんの顔の前に自分の顔をつき出し、相手の目をじっと見すえました。

さっちゃんが、パパの心の中を全部見通せるようにね。そして、ゆっくりと、言いきかせるように言ったのです。

「ぜひ、行ってもらわないと困《こま》るんだよ。とっても大切なお客さまのおさそいだからね」

さっちゃんはパチパチッとまばたきをして、パパの心の中をぐるりと見わたしたようでした。行方不明《ゆくえふめい》のカールくんのことや、パパがさっちゃんたち三きょうだいに迷子《まいご》さがしを手伝《てつだ》ってもらいたがっていること、それに、そこらへんの事情《じじょう》をおじいちゃんとおばあちゃんには知られたくないと考えているこ

と……。きっと、そのすべてを一瞬《いっしゅん》にしてさっちゃんはさとったのです。

「わかった……」と、さっちゃんはうなずきました。

「じゃ、あたし、パパといっしょに行くことにする」

「おれ、行かねえ」と、今度は、アマノジャクのマアくんが言いました。

「天狗《てんぐ》のホラ貝演奏《えんそう》なんて、興味《きょうみ》ないもんねえ。大切なお客さまなんて、知らないもんねえ」

「行こうよ、マアくん」

おりこうな、一つ目小僧《こぞう》のハジメくんが、弟に言いました。

「パパが、来てくれって言ってるんだから……。それにさ、天狗のホラ貝はともかく、外国の妖怪《ようかい》と友だちになるチャンスなんて、めったにないと思うよ」

マアくんはまだ何か言おうとしましたが、そのマアくんの腕《うで》をさっちゃんが、がっしりとつかみました。

「お兄ちゃん、行こうよ。キッチンでつまみ食いしてた方がいいって思ってるみたいだけど、ママはもう、つまみ食いは、させてくれないよ。これ以上《いじょう》食べたら、ごはんぬきだってさ」

さっちゃんの言葉《ことば》に、ろくろっ首《くび》ママがうなずきました。

「そうですよ、マアくん。もう、つまみ食いはおしまい。あとは、ディナーの時にね。だから、あなたも、パパといっしょにお客さまをおむかえに行ってらっしゃいよ」

マアくんは、「チエッ！　チエッ！　チエッ！」と言いながらもどうやらママの言葉にしたがうことにしたようです。

「わしゃ、行かんぞ」

さそわれてもいないのに、見越し入道おじいちゃんが、きっぱりと言いました。

「天狗のホラ貝を聞くと、頭のてっぺんが、ムズムズ、かゆくなるんじゃ。あんなもんを聞きに行くより、ここで、映画を観《み》とる方がずうっといいわい」

おじいちゃんの言葉を聞いて、やっと、やまんばおばあちゃんも、しぶしぶうなずきました。

「そうね。天狗《てんぐ》のホラ貝を聞かされるのはパスね。だって、下手《へた》くそなんですもの」

ヌラリヒョンパパは、ホッとしながら、リビングのみんなを見回しました。

「じゃ、いいね？　ハジメくんと、マアくんと、さっちゃんは、ちょっと、いっしょに来ておくれ。ママは、ごちそうの準備《じゅんび》をよろしく。おじいちゃんとおばあちゃんは、映画でも観《み》ながら、お客さまの到着《とうちゃく》を待っててくれればいいよ。おとなしくね」

「いってらっしゃい」

ろくろっ首《くび》ママが、パパと子どもたちに言いました。

「もうちょっとで、ディナーの準備が整いますからね。ごちそうを用意して、みんなを待っていますよ」

ヌラリヒョンパパと、妖怪《ようかい》三きょうだいはママの言葉と、ごちそうの匂《にお》いに送られて、マンションを出発したのでした。

地下十二階から地上へと続《つづ》くエレベーターに乗りこんだとたん、パパはさっそく、子どもたちに本当のことを話し始めました。

「じつはね、おまえたちに手伝《てつだ》ってほしいことがあるんだよ」

ハジメくんが、大きな一つ目玉で不思議《ふしぎ》そうにパパを見つめます。

「手伝ってほしいこと？」

ヌラリヒョンパパはうなずいて、先を続けました。

「ウォルフ家の三きょうだいのうちの、男の子がひとり、行方不明《ゆくえふめい》になっちゃったんだよ。おまえたちに、その、迷子《まいご》のカールくんを捜《さが》すのを手伝ってもらいたいんだ」

「カールくん？　なんだ？　そいつ」

今度はアマノジャクのマアくんが首をかしげて、パパを見つめました。

パパは、その質問《しつもん》に答えて言いました。

「カールくんはね、ウォルフ家の三きょうだいの二番目の男の子だよ。ウォルフさんちには、他にロルフくんていう、のっぽの男の子と、エルフリーデちゃんていう金髪《きんぱつ》の女の子がいるんだ。ロルフくんとカールくんは、お父さん似《に》のオオカミ男で、エルフリーデちゃんはお母さん似の魔女《まじょ》の女の子なんだよ」

「そんなやつ、おれさまが、ギタンギタンにやっつけてやる！」

マアくんが張《は》り切《き》って、そう宣言《せんげん》したのでパパは、たしなめなければなりませんでした。

「いいかい？　マアくん。ギタンギタンに、やっつけてほしいんじゃなくて、迷子《まいご》になったカールくんをみつけてほしいんだよ」

ハジメくんがまた、質問をはさみました。

「だけどさ、その子、どうして迷子なんかになっちゃったの？　だって団地《だんち》見学中は、パパたちがお客さまを案内《あんない》して、ずっといっしょだったんでしょ？」

パパはうなずきます。

「そうなんだよ。カールくんは、どうも、自分から、わざと姿《すがた》をくらましたみたいなんだ」

「なんで？」と聞いたのは、さっちゃんでした。

「なんで、わざわざ、いなくなったりするの？」

「ううむ……」

パパは答えづらそうに言いました。

「カール、っていう名前は、〝自由なる者〟っていう意味をもってるからねえ。きっと、カールくんは、三きょうだいの中の問題児《もんだいじ》……いや、いや、三きょうだいの中で最《もっと》も自由を愛《あい》する男の子なんだろうね。きょうだいの話によると、姿をくらますのはしょっちゅうらしいんだ」

パパの言葉《ことば》に、ハジメくんがだまって、こっそり、マアくんのことを見ました。さっちゃんが、だれにも聞こえないような、ヒソヒソ声で、ハジメくんにささやきました。

「お兄ちゃん。今、〝うちにも似《に》たようなやつがいる〟って思ったよね？」

エレベーターが、やっと、一階に到着《とうちゃく》しました。パパと妖怪《ようかい》三きょうだいは、エレベーターホールから、ヒヤリと冷《つめ》たい夜の闇《やみ》の中へ出ていきました。

「いなくなったのは、中央公園の満月池《まんげついけ》のほとりなんだよ。カールくんの背丈《せたけ》は、マアくんと同じくらいで、髪《かみ》の色は灰色《はいいろ》。胸《むね》にでっかく〝たこ焼《やき》〟と書いたTシャツを着ている。ハジメくんは、何か手がかりをみつけておくれ。さっちゃんには、通訳《つうやく》をお願いするよ。カールくんがみつかっても、パパにはドイツ語がよくわからないからね」

「おれは？　おれは、何すればいいの？　パパ」

マアくんが、あいかわらずはりきった調子で質問《しつもん》しました。ヌラリヒョンパパは、おおはりきりのマアくんを、心配そうに見つめながら答えました。

「カールくんが、もし、万が一、また逃《に》げ出《だ》したりしたら、その時は、マアくんに、追っかけて、つかまえてもらいたいんだけど、いいね？　乱暴《らんぼう》なことはしちゃいけないよ。カールくんは、大切なお客さま……」

パパが最後《さいご》まで話し終わるより早く、マアくんはキイキイ声でうれしそうに叫《さけ》びました。

「ようし！　つかまえてやるう！　おれさまが、オオカミ男のちびっこを、ぎゅっとつかまえて、ギタンギタンギタンにしてやるう！」

「いや……だからさ、ギタンギタンは、なしだってば」

パパは、重ねて注意しましたが、マアくんの耳には、パパの言葉《ことば》なんて入ってはいないようでした。闇の中、ランランと目を光らせて、マアくんは、行方不明のカールくんの姿《すがた》をさがし始めました。

パパと、三人の子どもたちは、満月《まんげつ》の光に照《て》らされて、団地《だんち》の通りを横切り、中央公園の中へと歩み入っていきました。

六

暗く、静《しず》かな公園の中に入ると、ヌラリヒョンパパと子どもたちは、茂《しげ》みややぶやベンチの陰《かげ》にカールくんの姿を捜《さが》してまわりました。

満月池《まんげついけ》は、青い月の光を映《うつ》して静まり、河童《かっぱ》たちの姿も見えません。お客さまたちに伝統芸《でんとうげい》を披露《ひろう》した後、池にもぐってのんびりしているのか、それとも地下の水路《すいろ》をつたって、どこか山奥《やまおく》の池にでも遊びに行ってしまったのかもしれません。

なにせ、こんなに月の美しい夜なんですから——。

「もう、このへんには、いないいんじゃない？」

さっちゃんが言いました。

「だって、その子って、自由を愛《あい》してるんでしょ？　だったら、今ごろ、どっかもっと遠くに行っちゃってるんじゃないかなあ……」

パパは不安《ふあん》な気持ちをふりはらうように、さっちゃんの言葉《ことば》にこたえて言いました。

「いやあ……、しかし、いくら自由で気ままとはいえ、まだ子どもなんだからねえ。知らない国の知らない町で、お父さんやお母さんのそばから、そう遠くは離《はな》れないだろうと思うよ」

「足跡《あしあと》をみつけた」

その時、池のほとりの地面を見回っていたハジメくんが言いました。

自慢《じまん》の一つ目玉が闇《やみ》の中で光っています。

「ほら、ここ」

ハジメくんは、ミヤコワスレの茂みの陰を指さして言いました。

「パパたちの足跡《あしあと》がひとかたまりになってる場所から、一つだけ離《はな》れて、小さめの足跡が残《のこ》ってる。きっと、これだと思うよ」

「やったぞ！　犯人《はんにん》の足跡だ！　待ってろよ！　今、つかまえて、ギタンギタンにしてやるう！」

キイキイ声で叫《さけ》ぶマアくんを、パパがため息《いき》まじりにたしなめます。

「ギタンギタンにはしないこと。それから、カールくんを、犯人なんて呼んではいけないよ。ただ、迷子《まいご》になってるだけなんだからね。何も悪いことをしてるわけじゃないんだから」

さっちゃんが横からボソリと、よけいな一言をつけ加《くわ》えました。

「今のところ、ね」

ギクリとしているパパの横で、ハジメくんがまた口を開きます。

「パパ、足跡はバス通りの方に、ひき返していってるよ。ただし、道じゃなくて、芝生《しばふ》の上をつっきってるけど……」

「よし、行ってみよう」

パパは大きな頭でうなずきました。

そこで、パパと三きょうだいは、ハジメくんを先頭に、カールくんのものらしき足跡を追っかけ、もと来たバス通りの方へひき返していきました。

芝生の上を、フワリフワリと進む一行が、もうちょっとで公園の入り口にたどり着こうとした時です。

何か黒い影《かげ》のようなものが一つ、風のように、みんなの横をすりぬけて、公園の中にバビュンと飛《と》びこんでいきました。

『なんだろう?』と思う間もなく、その後ろを追っかけて、大きな呼び声と足音が、こっちに向かって近づいてきました。

「待てえ!　どろぼう!

ぼくの、アメリカンドッグを返せえ!」

バス通りから息《いき》せききって走って来たのは、若《わか》い人間の男の人のようでした。

その人が公園の中へかけこんでくるなり、ハジメくんは、サッとパパの後ろに隠《かく》れました。団地《だんち》の公園に一つ目小僧《こぞう》がいるところを人間に見られるわけにはいきませんからね。

その人はヌラリヒョンパパの前で、つんのめるようにして立ち止まりました。

「今、アメリカンドッグ持ったやつが、こっちに走って来ませんでした？」

パパとマアくんとさっちゃんは、だまって首を横にふりましたが、パパの後ろで、ハジメくんだけが「来たよ」と答えました。

男の人は、パパの背中《せなか》に隠れているハジメくんに向かって、まくしたてるように質問《しつもん》しました。

「どこ？　そいつ？　どっちへ行った？　早く教えてくれえ！　そいつ、ぼくのアメリカンドッグを、いきなりかっさらって逃《に》げてったんだ！」

「あっち」と、ハジメくんはパパの後ろから腕《うで》だけをつき出して、遠くの方を指さしました。

「あっちの方へ走ってったよ」

「ちくしょう！　アメリカンドッグどろぼうめ！　つかまえて、ギタンギタンにしてやるぅ！」

男の人は、マアくんのようなことをどなると、ハジメくんの指さす先へ、どろぼうを追っかけて走り去っていきました。

「どっかで、見たことのある人だなあ……」

ヌラリヒョンパパは、でっかい頭をかしげてその人の後ろ姿《すがた》を見送っていましたが、それがどこのだれなのか、思い出すことはできませんでした。

実は、その若《わか》い男の人は、東町四丁目H《エイチ》棟《とう》二〇一号室に住む大学生の森本《もりもと》さんでした。

野中《のなか》さんと的場《まとば》さんが、化野原《アダシノハラ》団地《だんち》に引《ひ》っ越《こ》してきた妖怪《ようかい》たちのために、引越し百日目のお祝《いわ》いパーティを開いてくれた時、通りかかったバイト帰りの人間が、妖怪たちとバッタリ遭遇《そうぐう》してしまう、というアクシデントがありました。

その時通りかかった人というのが、この森本さんだったのです。森本さんはきっと今度もまた、夜のバイトから帰ってきたところだったのでしょう。

その帰り道の途中《とちゅう》でどうやら、アメリカンドッグどろぼうの被害《ひがい》にあったようなのです。

その、森本さんの姿が完全《かんぜん》に見えなくなるのをみはからって、ハジメくんがやっと、口を開きました。とても重大なことを、みんなに告《つ》げたのです。

「カールくん、みつけたよ」

「ええっ!?」

パパが目をむきます。

「どこだい？　どこに、いたんだい？」

ハジメくんは、さらに、おどろくべきことを言ってのけたのです。

「あのさ、さっき風みたいに、ぼくらの前をかけぬけていったのがカールくんだと思うよ。アメリカンドッグくわえて、ものすごいスピードで走ってったよ」

「え？」

パパは、ハジメくんの顔をまじまじと見つめたまま、目を白黒させました。

ハジメくんが続《つづ》けます。

「たぶん、さっきの人のアメリカンドッグを盗《ぬす》んだのは、カールくんなんだよ」

「……え？　カールくんがアメリカンドッグどろぼう？」

おどろいたパパはむきになってハジメくんに聞き返しました。

「本当に、まちがいなくカールくんだったのかい？　おまえは、目がいいからね。アメリカンドッグをくわえて、ものすごいスピードで走っていくやつを目《もく》撃《げき》したんだろうけど、それがカールくんだって、どうしてわかったんだい？まだカールくん本人とは、一度も会ったことがないんだから、まちがいってことも……」

「だってさ、パパ〝たこ焼《やき》〟なんて書いたT《ティー》シャツ着てるやつほかにいないと思うよ。さっき走ってったやつのTシャツにはまちがいなく、〝たこ焼〟って書いてあったよ。髪《かみ》も灰色《はいいろ》だったし。それに、この足跡《あしあと》……」

ハジメくんは、みんなの足元の湿《しめ》った地面を指さしました。

アスファルトの道路と芝生《しばふ》にはさまれた土の上に、くっきりと一つ、スニーカーらしき足跡が残《のこ》されていました。それほど大きくはありません。どうやら子どもの靴《くつ》の跡のようです。

「これ、満月池《まんげつういけ》のそばの、ミヤコワスレの茂《しげ》みの陰《かげ》に残ってた足跡とおんなじだよ」

「ううむ……」

パパは、ハジメくんの名推理《めいすいり》にうなるしかありませんでした。

さっちゃんが、ボソボソつぶやきます。

「じゃ、もう、迷子《まいご》じゃなくて、犯人《はんにん》って言っていいんだよね？　アメリカンドッグを盗《ぬす》んだ犯人《はんにん》なんだもん」

「ようし！　つかまえるぞお！　アメリカンドッグどろぼうをとっつかまえて、ギタンギタンにしてやるぞお！」

マアくんは、大はりきりで、ぴょんぴょんとびはねています。

パパは、マアくんをたしなめることも忘《わす》れて、深く大きなため息《いき》をつきました。そして、ハジメくんに、たずねました。

「それで？　おまえがみつけたカールくんは、あっちに走っていったんだね？」

さっき、ハジメくんが森本《もりもと》さんに指さしてみせた方角に目をやりながら、パパが言うと、ハジメくんは意外にも「ううん」と首を横にふりました。

「あれは、うそなんだ。だって、早く、あの男の人を追っぱらった方がいいと思ったから……」

「え？　それじゃあ、カールくんは、どっちに行ったんだい？」

「あそこ……」

びっくりしているパパに、ハジメくんがさしてみせたのは、すぐ近くに生えた一本の木でした。

みんなが立っている所から、ほんの十歩ばかり離《はな》れたキンシバイの茂《しげ》みの奥《おく》に、一本のクヌギの大木が高いこずえを広げて、スックと立っていました。その木の足元には、コロコロとしたドングリが、もうどっさり落ちています。

「え？　あそこって、あの木の陰《かげ》ってことかい？」

パパがたずねると、ハジメくんは、もう一度「ううん」と首を横にふって答えました。

「木の陰じゃないよ。木の上だよ。カールくんは、ぼくたちの前をかけぬけて、あの木を一気にのぼって、こずえの中に隠《かく》れたんだ」

なんという早業《はやわざ》でしょう。さすがオオカミ男の子ども。人間わざではありません。しかし、そんな早業も、ハジメくんの一つ目玉は見のがしませんでした。

ヌラリヒョンパパは改《あらた》めて、クヌギの木を見あげ、大きく一つ深呼吸《しんこきゅう》をしました。

月は今、ちょうどぶ厚《あつ》い雲の後ろに姿《すがた》を隠《かく》していました。

真っ黒いシルエットになったクヌギのこずえは暗い空の下静《しず》まり返って、こそりとも動きません。

「おおい！　カールくん！　いるなら、でておいでえ！」

ヌラリヒョンパパがこずえにむかって呼《よ》びかけましたが、返事はありませんでした。

「いないのかなあ？　それとも、日本語が通じないから、返事をしないのかなあ？」

パパがつぶやいた時、クヌギの木の上から何かが、パパの足元にポトンと落っこちてきました。

「あ……、アメリカンドッグの棒《ぼう》だ」

さっちゃんが、落っこちてきたものを見つめて言いました。

「いるよ！　ほら、あそこに、いる！」

ハジメくんが、こずえの一点を指さします。

「ようし！　おれさまがつかまえてやるう！」

そう叫《さけ》ぶが早いか、マアくんが、ホップ、ステップ、ジャンプでクヌギの木の幹《みき》に飛《と》びつきました。

マアくんは、おどろくべきスピードで、スルスルと木を登っていきます。パパとハジメくんとさっちゃんは、木の下でそんなマアくんの行方《ゆくえ》をじっと見上げていました。

何かが、クヌギのこずえの間からひょいと顔をのぞかせるのが見えました。

「お！　いたぞ！　カールくんだ！」

ヌラリヒョンパパが叫《さけ》びました。妖怪《ようかい》というものは暗闇《くらやみ》の中でも、ちゃんと目が見えるものなのです。

「おうい！　カールくん、降《お》りてきなさあい！　お父さんとお母さんが心配しているよお！」

パパがまたカールくんに呼《よ》びかけました。でも、やっぱり、サングラスをかけたカールくんはこずえの陰《かげ》からジロジロこっちを見下ろしているだけで、何も言いません。

「うーん。やっぱり言葉《ことば》が通じないのかなあ」

パパが言うと、カールくんを見上げていたさっちゃんが口を開きました。

「たぶん、通じてると思うよ。だって、あの子〝やあだよ。つかまってたまるもんか、ベロベロベー〟って思ってるもん」

「なに？　つかまってたまるもんか、ベロベロベー？」

ヌラリヒョンパパがムッとしたように聞き返した、ちょうどその時です。ついに、マアくんが、カールくんの乗っかるえだの下に到着《とうちゃく》しました。

「さあ！　つかまえてやるぞお！」

そう言って、マアくんは頭の上のえだに手をのばしました。

雲の陰《かげ》から月が姿《すがた》を現《あら》わしました。

青白い月の光が、パアッとあたりを照《て》らします。クヌギのこずえの中からこっちを見下ろしているカールくんの姿が光の中に浮《う》かび上がりました。

マアくんの手がカールくんの足首を、むんずとつかまえた、その時——。

「あっ！」

木の下のみんなはいっせいに叫《さけ》びました。

カールくんが突然《とつぜん》、月の光の中で、顔からサングラスをむしり取ったのです。

起こるべきことが起こりました。

満月《まんげつ》の光が、カールくんの姿《すがた》を変《か》えていくのを、みんなは息《いき》をのんで見つめていました。

体中が灰色《はいいろ》の毛におおわれ、顔はとんがり、口は裂《さ》け、耳は三角に……。尻《しり》にしっぽが生《は》えた、と思ったら、カールくんはすっかり、灰色のオオカミに変《へん》身《しん》していました。

「ひゅっ」と口笛《くちぶえ》を鳴らしたさっちゃんが、「いかしてるぅ」とつぶやいた時、カールくんの脱《ぬ》ぎすてた洋服とサングラスがハラリ、ポロリと地面の上に、落っこちてきました。

オオカミに変身したカールくんは、マアくんの手をふりきると洋服につづいてポーンと地面に飛《と》び降《お》ります。

そして、びっくりしているみんなの頭の上をひとっ飛びに飛びこし、あっという間にどこへともなく走り去っていきました。

「待てえ！」

今度はマアくんが叫《さけ》んでポーンと木の上から飛び降りました。

困《こま》ったことにマアくんもそのまま、カールくんのあとを追って、どこかに走っていってしまったのです。

あとには、ヌラリヒョンパパとハジメくんとさっちゃんだけが取り残《のこ》されました。

「ああ、マアくんまでいなくなっちゃった」

と、ハジメくんが言いました。

「これで、迷子《まいご》がふたりだね」と、さっちゃんが言いました。

パパが胸《むね》のポケットから、携帯《けいたい》電話を取り出しました。

「困ったことになったぞ。野中《のなか》さんに連絡《れんらく》しよう」

七

結局《けっきょく》、ヌラリヒョンパパとハジメくんとさっちゃんも、カラス天狗《てんぐ》一家のペントハウスに集合することになりました。いなくなった、カールくんとマアくんを、どうやってさがし出すか、みんなで相談《そうだん》するためです。それに、ペントハウスなら、マンションの屋上にあって、化野原《アダシノハラ》団地《だんち》全体に目を配《くば》るのに、ちょうどいいだろう、と野中《のなか》さんが言ったのです。

カラス天狗一家のペントハウスは南町一丁目のA棟《エーとう》の屋上にあります。子どもたちといっしょに右側《がわ》のエレベーターにのりこんだパパはとびらの横の昇降《しょうこう》ボタンをおしました。……といっても、そのボタンには①から⑮までの階数の数字がならんでいるだけで〝屋上〟の階のボタンはありません。実は十五階の上の屋上にカラス天狗の家があることは、マンション住人にはないしょなのです。用事があってカラス天狗の家を訪《おとず》れるときには昇降ボタンの⑩と⑨を三回くりかえしておします。10《テン》と9《ク》で天狗……。それが、エレベーターを屋上にあげるための暗号《あんごう》というわけです。パパたちをのせたエレベーターはまっすぐA棟の屋上までのぼっていきました。

エレベーターから降《お》りたパパとふたりの子どもたちを、さっそく、野中さんと女神《めがみ》さんが出むかえてくれました。ふたりの後ろには、ウォルフさん夫妻《ふさい》。そして、その後ろには、ロルフくんとエルフリーデちゃんが顔をのぞかせています。エレベーターの降り口は屋上のルーフバルコニーのすみにあって、ペントハウスはエレベーターのむかいに建《た》っています。

「天狗さんたちは今、家の中で休憩《きゅうけい》中です。ホラ貝と和太鼓《わだいこ》の大熱演《ねつえん》が終わったばかりですからね」

野中《のなか》さんが、ペントハウスの方を、目でしめしながらそう言いました。

ウォルフ家の長男、のっぽのロルフくんはお父さんの後ろから、ビックリしたように、ハジメくんのでっかい一つ目玉を見つめているようでした。

ロルフくんの目とハジメくんの目が合ったとき、ハジメくんがニコリと笑《わら》いました。するとロルフくんも、ちょっぴりはずかしそうに、ニッと笑いかえしました。

エルフリーデちゃんは、その時もやっぱりお父さんの後ろにぴたりとくっついて、影《かげ》のように立っていましたが、その目はじっとさっちゃんのことを見つめていました。

さっちゃんも、ヌラリヒョンパパの後ろからエルフリーデちゃんのことを見つめていました。ふたりの女の子たちは、一言も言葉《ことば》を交《か》わしませんでしたが、なぜか、どちらからともなくたがいに歩《あゆ》み寄《よ》ったかと思うと、まるで昔からのお友だちのように、だまって手をつなぎ合ったのでした。
ヌラリヒョンパパは、公園で起きたできごとのあらましを、野中さんに報告《ほうこく》しました。

カールくんがどうやら、通りすがりの団地《だんち》の人間のアメリカンドッグをうばって逃走したらしいということ。木の上にひそんでそのアメリカンドッグを食べていたらしいこと。そして、ハジメくんが、木の上にいるカールくんを見つけて、マアくんが、つかまえようと木を登っていくと、あとちょっとのところで、自らサングラスをはずし、オオカミに変身《へんしん》して逃げ去ったということ。カールくんのあとを追っかけて、マアくんまで行方不明《ゆくえふめい》になってしまったということ……。

報告《ほうこく》しているパパの話を女神《めがみ》さんが、ペラペラペラッと通訳《つうやく》すると、ウォルフ夫妻《ふさい》は、悲しげにため息《いき》をもらし、ウォルフさんが何か言いました。

女神さんが、さっそく日本語に訳《やく》します。

「団地の人間のアメリカンドッグをうばったことを、息子《むすこ》にかわって、心からおわびします……ですって！」

今度は、奥《おく》さんのヘカテさんが何か言ったので、またまた女神さんが通訳しました。

「早く、あの子をつかまえて、お尻《しり》をひっぱたかないと、もっと、とんでもないことを、しでかすんじゃないかと心配です……って」

「同感です」

ヌラリヒョンパパは、大きくうなずいて言いました。

「カールくんばかりではなく、うちのマアくんまでいっしょとなると、これはもう、一刻《いっこく》も早くひっつかまえなければ、えらいことになるに決まっています」

「的場《まとば》さんにも電話して、カールくんがオオカミに変身したことを伝《つた》えておきました」と、野中さんが言いました。

「そのカールくんを追っかけて、マアくんも姿《すがた》をくらましていることも連絡《れんらく》してあります。的場さんはオクリオオカミたちと協力《きょうりょく》して、ふたりをさがしているはずです。ぼくたちも、手分けして、ふたりをさがしましょう」

「わたしたちも、協力《きょうりょく》します……って、ウォルフさんが言ってますよ」

女神《めがみ》さんが、そう通訳《つうやく》し終わるよりも早く、なんと、ミスター・ウォルフが、自らのサングラスを、むしりとるようにはずしたではありませんか！

マンションの屋上で、月の光に照《て》らされて、ウォルフさんの変身《へんしん》が始まりました。

今まで人間のおじさんの姿《すがた》をしていたウォルフさんの全身を、灰色《はいいろ》の毛がおおい、鼻面《はなづら》と口元がつき出すようにとんがり、顔の横にくっついてた耳がのびて頭の上につっ立つようすを、ヌラリヒョンパパたちは息《いき》をのんで見守りました。

さっきのカールくんの変身は、葉っぱの茂《しげ》った木のえだにじゃまされて、一部始終《しじゅう》が見える、というわけにはいきませんでしたが、ミスター・ウォルフの変身は月光のもと何から何まで、よく見えました。

その、あまりの不思議《ふしぎ》さと迫力《はくりょく》に、人間の野中《のなか》さんたちはもちろん、妖怪《ようかい》であるヌラリヒョンパパと子どもたちも、目を見はり、心をうばわれていました。女神さんなんて『オドロキ！　モモノキ！　サンショノキ！』と言うことも『ビックリ！　シャックリ！　トックリセーター！』と言うことも、忘《わす》れてしまっていたほどです。

やっと変身を終えた、ミスター・ウォルフは、体にまとわりついていた洋服の中からヒラリとぬけだしました。足元にはひとかたまりになったポロシャツとズボンが、ハラリと落ちました。

オオカミが……いえ、オオカミに変身したウォルフさんが、何かしゃべりました。

女神さんが、ハッとわれにかえって通訳します。

「この姿のほうが、身軽だし、嗅覚《きゅうかく》も鋭《するど》くなるんですって」

「いやあ……、実にみごとな変身……」と、ヌラリヒョンパパが言いかけた時でした。今度は、ロルフくんがサングラスをはずしたのです。ロルフくんも、

みんなが見守る中、お父さんに続《つづ》いて、みるみる、りっぱな灰色《はいいろ》のオオカミに変身《へんしん》しました。

変身した父と子は、二ひきそろって、月に向かって遠吠《とおぼ》えをはじめました。

ウオオオオ――ン。

ウルルルルルル……。

ウオオオオ――ン……。

カールくんを呼《よ》んでいるのでしょうか？　化野原団地《アダシノハラだんち》をつつむ闇《やみ》の中に、オオカミの声がこだまします。

ヘカテ奥《おく》さんが、手に持っていた楽器《がっき》ケースのような黒いカバンを、てきぱきと開きながら、何か言っています。

女神《めがみ》さんは、あわてて、遠吠えの中のオオカミから視線《しせん》をひき離《はな》し通訳《つうやく》を再開《さいかい》しました。

「えっと……、奥さまも、カールくん捜《さが》しに協力《きょうりょく》するっておっしゃってます。……それから、エルフリーデちゃんにも、協力《きょうりょく》するようにって……」

お母さんの言葉《ことば》にうなずいて、エルフリーデちゃんも黒いカバンを開けました。

二つのカバンの中には、それぞれ、何本かの木の棒《ぼう》のようなものが入っていました。

『いったい、なんだろう？』と、みんなが、ながめていると、母と娘《むすめ》は、カバンから取り出した棒を手際《てぎわ》よくつぎつぎにくっつけてのばしていきました。一本の棒の先に、もう一本の棒をつぎたし、またその先にもう一本の棒をつぎたし……。すべてのパーツがくっつくと、ヘカテ奥《おく》さんとエルフリーデちゃんの手の中には、自分の背丈《せたけ》ほどの長さの棒が一本にぎられていました。

「棒ですね……」

野中《のなか》さんがつぶやきました。

「なんの棒でしょうね？」

ヌラリヒョンパパが、そう応《おう》じた時、カチリ、と小さな音がして、突然《とつぜん》、棒のてっぺんから、ゴワゴワッと広がったススキの穂《ほ》のようなものがブワッととび出すのが見えました。

「あ……」

みんなは、そろって声をあげました。だって、みんなにもやっと、カバンの中に入っていたものが何だったのかがわかったからです。

それは、つまり、ホウキでした。携帯《けいたい》用の、組み立て式ホウキ。とでも言えばいいのでしょうか？

魔女《まじょ》のヘカテ奥《おく》さんとエルフリーデちゃんが持っていた黒いカバンは、バラバラに分解《ぶんかい》したホウキのパーツを入れておくケースだったようです。ふたりは今、そのパーツを組み立て、スイッチか何かをおして柄《え》の中にしまわれていたホウキの穂《ほ》を出したのでしょう。

びっくりしているみんなに向かって、ホウキを持ったヘカテ奥さんが、にこにこ笑《わら》いながらしゃべりかけました。

女神《めがみ》さんはまた、目をパチクリさせながら、奥さんの言葉《ことば》をみんなに伝《つた》えます。

「最近《さいきん》は、魔女グッズも、いろいろ進化してるんですって。携帯《けいたい》ホウキは、もう常識《じょうしき》。もっとコンパクトタイプのものも、開発されてるんだそうですよ。まさに、オドロキ！　モモノキ！　サンショノキ！　ブタもおどろきゃ木に登る！　とは、このことですよね」

「ヒューッ」と、さっちゃんが小さく口笛《くちぶえ》を鳴らし、「いかしてるぅ」とつぶやきました。

ミスター・ウォルフが、また何か言いました。オオカミのかっこうをしていても、ちゃんと人間の言葉でしゃべれるのです。ただし、日本語ではなくドイツ語ですけれど……。

女神さんが、その言葉を中継《ちゅうけい》しました。

「われわれは、この団地《だんち》の地理をまったく知らないから、捜索《そうさく》の時には、だれか地理のわかる方といっしょに行動するのがいいだろう、っておっしゃってます」

ヌラリヒョンパパが、でっかい頭をゆらしてうなずきます。

「もっともです。よろしければ、私《わたし》がいっしょにまいりましょう」

野中《のなか》さんもうなずきました。

「そうですね。では、ふたりずつペアになるのは、どうでしょう？

ミスター・ウォルフとヌラリヒョンさん。

ミセス・ウォルフと女神《めがみ》さん。

ロルフくんとハジメくん。

エルフリーデちゃんとさっちゃん——というペアです」

その言葉《ことば》を聞いた女神さんが、すっとんきょうな声をあげました。

「……て、ことは！　……て、ことは！　……もしかして！　もしかしたら！」

そこまで言って、女神さんは、心を落ち着かせようとするように、フウハア、フウハアと三回も深呼吸《しんこきゅう》をして、それから先を続《つづ》けました。

「あたしも、魔女《まじょ》のヘカテさんといっしょに、ヘカテさんのホウキに乗っかるって、ことですか？」

野中《のなか》さんが言います。

「ヘカテさんがオーケーならね」

女神さんが、野中さんの言葉をドイツ語で説明《せつめい》すると、ヘカテさんは「ヤー！　ヤー！　ナテュアリヒ！」……「ええ、ええ、もちろん！」とこころよく女神さんの同行……いえ、同乗でしょうか？　……を、オーケーしてくれました。もちろん、ミスター・ウォルフも、ロルフくんも、エルフリーデちゃんもオーケーでした。

ミスター・ウォルフは、ヌラリヒョンパパの同行の申し出を知ると、毛むくじゃらのたくましい背中《せなか》をパパの前にさし出しました。

「どうぞ、乗っかってくださいって、おっしゃってます」という女神さんの言葉にヌラリヒョンパパは、「では、おことばにあまえて」とこたえて、ミスター・ウォルフの背《せ》にまたがりました。

オオカミのロルフくんが、ハジメくんのシャツのすそを、そっとくわえて引っぱりました。『乗っかって』と言っているのです。そこでハジメくんも、ロルフくんの背にそっと乗っかりました。

女神さんとさっちゃんが、それぞれヘカテさんとエルフリーデちゃんのホウキの後ろにまたがるのを待って、野中《のなか》さんが言いました。

「私《わたし》は、ここに残《のこ》って、みなさんとの連絡《れんらく》を担当《たんとう》します。みなさん、携帯《けいたい》電話はお持ちですか？」

ヌラリヒョンパパと女神《めがみ》さん、ヘカテ奥《おく》さんとエルフリーデちゃんは、それぞれ携帯電話を持っていました。変身《へんしん》の時に脱《ぬ》ぎすてた洋服のポケットに入っていたロルフくんの携帯電話は、ハジメくんが持っていくことになりました。各《かく》チームとの連絡はこれでオーケー。野中さんは、それをたしかめると改《あらた》めて、みんなを見回して言いました。

「何か見つけたり、応援《おうえん》が必要《ひつよう》な場合は、私の携帯に連絡を入れてください」

野中さんがちょうどそう言い終わった時、手の中の携帯が、着信音をひびかせました。

急いで電話に出た野中さんは、相手としばらく、言葉《ことば》を交《か》わしてから電話を切り、いならぶみんなの顔をぐるりと見回して、重々しい調子で言いました。

「的場《まとば》さんからでした。団地《だんち》内のあちこちのお家から、ペットの犬たちが逃《に》げ出したという連絡です」

「ペットの犬が？」

ヌラリヒョンパパが大きな頭をかしげて聞き返すと、野中さんはうなずいて言葉をつづけました。

「そうです。だれかが犬たちに、逃亡《とうぼう》をけしかけているらしいのです。見た人の話によると、まるで、オオカミの遠吠《とうぼ》えのような鳴き声が聞こえたので、外をのぞいてみたら、灰色《はいいろ》の犬にまたがった男の子が、通りをかけぬけていったそうです。〝犬に自由を！　犬たちよ、野生にかえれ！〟って叫《さけ》びながらね。その叫び声を聞いたとたん、その人の家で飼《か》っていたゴールデンレトリバーが、突然《とつぜん》すっくと立ち上がって、外へ走り出ていったきりもどってこないのだそうです。そんな連絡が、あちこちから入っていると……」

「う――」と、ヌラリヒョンパパはうなりました。

灰色《はいいろ》の犬と、その犬にまたがった男の子の正体《しょうたい》がパパには、すぐにわかりました。

パパの心の中を通訳《つうやく》するように、女神《めがみ》さんが言いました。

「それって、きっと、オオカミに変身《へんしん》したカールくんとマアくんですよね」

ロルフくんの背《せ》の上からハジメくんが言いました。

「マアくんのやつ、きっと、カールくんと、すっかり意気投合《いきとうごう》しちゃったんだね」

野中《のなか》さんがてきぱきと言葉《ことば》をつづけます。

「的場《まとば》さんが機転《きてん》をきかせて各棟《かくとう》の自治会《じちかい》に連絡《れんらく》を入れてくれたそうです。〝野犬の群《む》れが団地《だんち》内に入りこんでいるという緊急《きんきゅう》連絡が保健所《ほけんじょ》から入っているので捕獲《ほかく》と、ペットたちの保護《ほご》が無事《ぶじ》終了《しゅうりょう》するまで外出をひかえるように〟……。そういう連絡をメールで全戸にまわしてもらっています。とにかく急がなくてはなりません」

「う――む。早く、ふたりを見つけなくては……」

ヌラリヒョンパパが言いました。

「天狗《てんぐ》さんたちにも、空からの捜索《そうさく》を手伝ってくれるように、たのんでみましょうか」

ペントハウスの方を見ながら、そうたずねる女神さんに野中さんは、首を横にふってみせました。

「いや、天狗さんたちには、このまま、ゆっくりしていてもらいましょう。天狗のぼうやたちまで空をとびまわることになったらかえって大変だから。空からの捜索は、ヘカテさんチームと、エルフリーデちゃんチームにおまかせすることにしましょう」

野中さんがそう言い終わるより早く、さっちゃんを後ろに乗せたエルフリーデちゃんのホウキが、ふわりと屋上の床《ゆか》から舞《ま》い上がりました。

さっちゃんがホウキの上で、足をブラブラさせながら言いました。

「エルフリーデちゃんが早く出かけようってさ。早く捜索《そうさく》をはじめないと。あのふたりがきっと、もっと、悪いことを始めるわよ……だって」

さっちゃんを乗っけたエルフリーデちゃんのホウキと、女神《めがみ》さんを乗っけたヘカテさんのホウキは、つぎつぎに屋上を飛《と》び立ち、化野原《アダシノハラ》団地《だんち》の夜空のかなたへ飛んでいきました。

ヌラリヒョンパパを背中に乗せたミスター・ウォルフのオオカミと、ハジメくんの乗ったロルフくんのオオカミは、なんと、屋上から、はるか下の地面にジャンプしました。

途中《とちゅう》で一回、向かいのマンションの壁《かべ》をけって、そのままみごとに芝生《しばふ》の上に着地したのです。もし、ヌラリヒョンパパとハジメくんが人間だったら、ジャンプの途中《とちゅう》で目を回すか、それとも落下の途中でオオカミの背中《せなか》からふり落とされていたかもしれません。しかし、大丈夫《だいじょうぶ》。なんといっても、ふたりは妖《よう》怪《かい》でしたから、とっても身軽《みがる》で、おそれを知らなかったのです。

地面に着地したとき、目を回すどころか、いつもは冷静《れいせい》なハジメくんが「ヤッホー！　すごいぞー！」と、大喜《おおよろこ》びで叫《さけ》んだほどなんですからね。

パパとハジメくんを乗っけた、オオカミ親子も団地《だんち》の通りを走り去っていきました。

天狗《てんぐ》一家のペントハウスが建《た》つ、南町一丁目A棟《エーとう》の屋上から、このようすをながめていた野中《のなか》さんの携帯《けいたい》がまた鳴り始めました。

「もしもし？」

耳をあてると、的場《まとば》さんの声が飛《と》びこんできました。

「あのっすね、ちょっと、やっかいなことになりました」

「……」

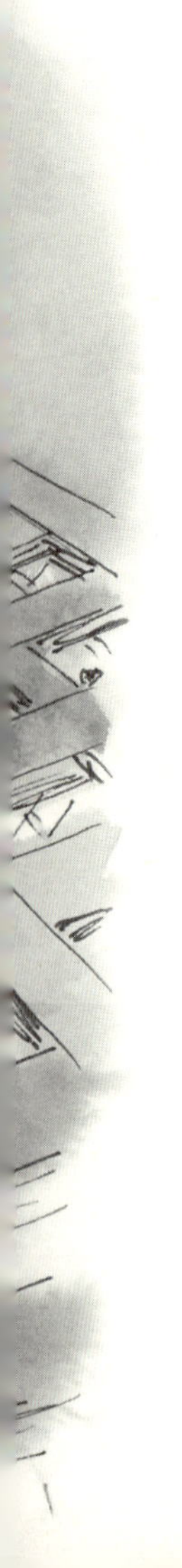

野中《のなか》さんは、不安《ふあん》に息をのみながら、的場《まとば》さんに聞き返しました。

「やっかいなことって、いったい、なんです？　今以上《いじょう》にやっかいなことなんて……」

「あのっすね、カールくんらしきオオカミの遠吠《とおぼ》えを何度か聞いているうちに、オクリオオカミたちまでようすがおかしくなっちまったんすよ」

「ようすが……おかしい？」

聞き返す野中さんに電話のむこうから的場さんが説明《せつめい》します。

「そうなんす。みんな捜索《そうさく》をほっぽり出してどっかへ行っちまったんすよ。〝もっと自由を！〟って叫《さけ》びながら……」

「どっか行っちまった!?　〝もっと自由を！〟って叫びながら!?」

びっくり仰天《ぎょうてん》している野中さんを、なぐさめるように的場さんが言いました。

「ま、とにかく、わしも今から、オクリオオカミたちを追っかけてみるっす。また、何かわかったら、報告《ほうこく》するっすよ」

携帯《けいたい》電話を切っても、野中さんはまだしばらく呆然《ぼうぜん》としていました。団地《だんち》の飼《か》い犬たちばかりでなく、町の警備《けいび》にあたっていたはずのオクリオオカミたちまでが、持ち場を放棄《ほうき》するとは、まさに一大事でした。

「もっと自由を……って、オクリオオカミたちは、あれ以上、どんな自由を望《のぞ》んでいるんだろう。まさか、人間を食っちまおうなんて考えてたら大変《たいへん》だぞ！」

カールくんの遠吠えはどうやら、団地の犬たちと同じように、妖怪《ようかい》であるオクリオオカミたちをあやつる力も持っているようです。

「カールくんは、いったい、何をしでかすつもりなんだろう……」

野中さんの胸《むね》の中で、ムクムクと不安がふくらみ始めた時、また携帯電話が鳴りひびきました。

「もしもし？」と、野中さんが電話に出ると、女神《めがみ》さんの興奮《こうふん》した声が耳にとびこんできました。

「あっ！　ボス！　あたし今、空、飛《と》んでます。ヘカテさんのホウキにのっかって、団地《だんち》上空をフワフワ！　もう、すっごいですよ！　〝サイコー！　学校！　チョーチンアンコー！〟って感じです！　あたしが、ホウキで空を飛ぶなんて、ほんと信じられませんよね⁉　〝奇跡《きせき》！暁《あかつき》！　秋の月！〟ですよね！」

ひとしきり興奮《こうふん》を伝《つた》え終わると、女神《めがみ》さんは言いました。

「ボス、報告《ほうこく》があります。上空から見てると、団地の通りは、あっちも、こっちも犬だらけです。〝結構《けっこう》毛だらけ、道、犬だらけ〟って感じです。……で、その犬たちなんですけど、みんな、同じ方向に向かって走ってるみたいなんですよね」

「どこに向かってるんです？」

野中さんは聞き返しました。

「山です。団地の北側《がわ》の山に向かってます！」

「わかりました」

野中さんは電話を耳にあてたまま、うなずきました。

「女神さんは、ヘカテさんといっしょに、そのまま、犬たちを追跡《ついせき》してくださ い。犬たちは山に向かっている、と、他のみんなにも連絡《れんらく》しますから……。そ れと、オクリオオカミたちも、どうやら、カールくんの遠吠《とおぼ》えにあやつられ、犬たちと行動をともにしているようです。〝もっと自由を〟と叫《さけ》びながら、み んなでどこかにいなくなってしまった、と的場《まとば》さんから連絡がありました。と にかく、これから、何が起こるかわかりません。カールくんが何をたくらんでいるのか、見当《けんとう》もつきませんからね。とにかく、注意してください。何かあれば、すぐに連絡《れんらく》を……」

「了解《りょうかい》です！　ボス！」

女神《めがみ》さんはいさましく答えて電話を切りました。

野中《のなか》さんはさっそく、的場《まとば》さんからの報告《ほうこく》と女神さんからの報告を一斉《いっせい》メールで、捜索《そうさく》チームのみんなに送信しました。
ミスター・ウォルフの背中《せなか》の上でメールを見たヌラリヒョンパパは「うーむ」とうなって、ウォルかたことのドイツ語で、ウォルフさんに北の山に行ってくれる

ようにたのみました。

「ブリンゲン　ズィー　ミヒ　ビッテ、ナーハ　ベルク、ナーハ　ノルト」

ハジメくんは、北の山を指さしながら、ロルフくんに日本語で叫《さけ》びました。

「あっち、あっち！　ほら、むこうの山に行って！　犬たちは、山に向かってるってさ！」

ロルフくんは向きを変え、ハジメくんの指示《しじ》に従《したが》いました。言葉はちがっていても、いっしょにいれば、案外《あんがい》心は通じ合うものなのです。

さっちゃんは、メールを見るとだまって北の山を夜空の上から指さしました。

エルフリーデちゃんが、さっちゃんの指す方向にホウキの向きをかえました。

「なんで、犬たちはみんなにげ出しちゃったのかなあ……」

さっちゃんがつぶやくと、ホウキの前に乗っているエルフリーデちゃんが、だまって、さっちゃんの方をふり返りました。さっちゃんはその目をみつめ、エルフリーデちゃんの心にうかぶ言葉《ことば》をよみとりました。

「へえ……オオカミ男って、遠吠《とおぼ》えの声で犬族をあやつれるんだ。しかも、カールくんは悪ふざけが大好《だいす》きなの？　ふうん、悪ふざけは、うちのマア兄ちゃんも大好きだよ。困《こま》ったお兄ちゃんを持つと、妹も楽じゃないよね」

エルフリーデちゃんが、さっちゃんの言葉に〝まったくよね〟というようにうなずきます。ひょっとすると魔女《まじょ》のエルフリーデちゃんにも、さっちゃんの心の中が見えていたのかもしれません。

ふたりは、そのままだまってホウキに乗って、北の山の方へ飛《と》んでいったのでした。

さて、そのころ、団地《だんち》の家々《いえいえ》から逃《に》げ出した犬たちは、化野原《アダシノハラ》北公園の芝生《しばふ》広場に集合していました。その広場の向こうにはもう、北の山すそから連なる雑木林《ぞうきばやし》が迫っています。ここは化野原団地の北のはずれなのです。

その芝生広場のまん中で、だれかが赤々と火をたいていました。大きな、大きなたき火です。

雑木林の中から集めてきた、枯《か》れ枝《えだ》や落ち葉を高く積《つ》み上げ、だれかが火を燃《も》やしているのです。燃えさかる炎《ほのお》は、まっ暗な夜空をこがし、ひらめく光を闇《やみ》の中にふりまいています。パチパチと火のはぜる音がします。草むらや、木々《きぎ》の足元に、うずくまる影《かげ》が、踊《おど》るようにゆらめきます。

突然《とつぜん》、オオカミの遠吠《とおぼ》えがひびきました。

ウオオロロオオオン――。

ロロオオウオオオン――。

すると、どうでしょう。北公園の芝生広場に集まった犬たちがいっせいに後ろ脚《あし》で、立ち上がったかと思うと、たき火のまわりで踊りはじめたではありませんか。

闇の奥《おく》のどこかから、だれかの歌う調子《ちょうし》っぱずれの歌が聞こえてきました。どうやら歌っているのはマアくんのようです。

「おれたちゃ犬だぞ、ウォン、ウォン、ウォン！

しっぽを　たてろよ、ピン、ピン、ピン！

今宵《こよい》は満月《まんげつ》、月の夜、
魔《ま》ものも　うかれて　踊《おど》り出す、
ウォン、ウォン、ロン、ロン、ロン！

ウォン、ウォン、ウォーン！」

その歌に合わせて、もうひとつの声が叫《さけ》んでいます。

「ナハト！　ナハト！

ワルプルギスナハト！」

叫んでいるのはカールくんのようです。

その変《へん》てこな歌と、かけ声に合わせて、たき火を囲《かこ》む犬たちが踊ります。その中には、なんと、オクリオオカミたちもまざっているではありませんか。

後ろ脚《あし》で立ち、しっぽをふりふり、前脚をゆらして、犬たちといっしょに、オクリオオカミたちも踊っています。

炎《ほのお》に照《て》らされ、長くのびた影《かげ》もいっしょに踊《おど》っています。

「おれたちゃ犬だぞ、ウォン、ウォン、ウォン！

しっぽを　たてろよ、ピン、ピン、ピン！」

やっぱり、あの調子っぱずれな歌声はマアくんです。犬でもないくせに、あんな歌を歌っています。でも、マアくんは、どこにいるのでしょう？　火をかこむ輪《わ》の中にはマアくんの姿《すがた》もカールくんの姿も見当たりませんでした。どうやら北側《がわ》の雑木林《ぞうきばやし》の中に身をかくしているようです。

広場の夜空にうかぶホウキの上では、ヘカテさんと女神《めがみ》さんとエルフリーデちゃんとさっちゃんがならんで犬たちの奇妙《きみょう》な踊りを見下ろしていました。

ヘカテさんがしゃべる言葉《ことば》を女神さんが日本語でくり返しました。

「カールくんは、犬たちを集めて〝ワルプルギスの夜〟ごっこをしてるつもりなんだろうって」

さっちゃんは通訳《つうやく》なしでも、ヘカテさんの心の中をお見通しでしたが、わからない言葉に首をかしげました。

「ワルプルギスの夜って、何？」

女神さんも、その言葉を知らなかったようで、すぐにヘカテさんにドイツ語で質問《しつもん》しました。ヘカテさんは、ていねいに答えてくれました。

つまり、〝ワルプルギスの夜〟というのは、年に一回、四月三十日の夜に、世界中の魔女《まじょ》たちが、ドイツのブロッケン山に集まって開くお祭りのことなのだそうです。魔女たちだけではありません。その夜には、あちらこちらから、いろいろな魔ものたちもブロッケン山に集まって、みんなで大騒《おおさわ》ぎをするのだとか……。魔女のヘカテさんに連《つ》れられて、そのお祭りに参加《さんか》したことのあるカールくんは〝ワルプルギスの夜〟が大好《だいす》きなのだそうです。

さっちゃんは、その説明《せつめい》にもう一度首をかしげました。

「でも、今夜は、四月三十日の、〝ワルプルギスの夜〟じゃないよ。十月三十一日の〝ハロウィン〟の夜だよ」

女神《めがみ》さんが、さっちゃんの疑問《ぎもん》を伝《つた》えるとヘカテさんは、困《こま》ったような顔をして、すぐに答えてくれました。

「ドイツでは、ハロウィンのお祭りを祝《いわ》うのは、あんまり盛《さか》んじゃないんですって。ハロウィンの起源《きげん》は古代ケルトのお祭りといわれているんですけど、ドイツではアメリカや日本みたいにハロウィンにもりあがったりはしないらしいですよ。カールくんとしては、日本のハロウィンさわぎが面白《おもしろ》くなかったみたいですね。〝ハロウィンより、ワルプルギスの方がクールだぜ〟みたいな……。で、きっと、こんな悪ふざけを思いついたんだろうって、ヘカテさんが言ってます」

もちろん今度も、通訳《つうやく》ぬきで、さっちゃんにはヘカテさんの心の中がわかっていました。それから、もちろんエルフリーデちゃんの心の中も……。

エルフリーデちゃんは、さっちゃんに向かって、ちょっと肩をすくめながら、心の中で、こうつぶやいたのです。

「お兄ちゃんの考えそうなことだわ。ほんと、幼稚《ようち》なんだから……」って……。

しかし、その悪ふざけの主《ぬし》の姿《すがた》が見当たりません。ホウキの上の四人は空の上から雑木林《ぞうきばやし》の木立《こだち》のかげに必死《ひっし》に目をくばりましたが、ふたりの姿は見つからないのです……。

ただ、あの調子っぱずれの歌と、変《へん》な叫《さけ》び声は、まだ続《つづ》いていました。

「魔《ま》ものも　うかれて　踊《おど》り出すう！

ウォン、ウォン、ロン、ロン！

ウォン、ウォン、ウォン、ウォーン！」

「ナハト！　ナハト！

ワルプルギスナハト！」

「いったい、あのふたり、どこに隠《かく》れてるんでしょうねえ？」

女神さんが、そうつぶやいた時でした。

突然《とつぜん》、あたりの闇《やみ》をふるわせて、ひときわ大きく、ひときわたけだけしい、オオカミの遠吠《とおぼ》えがひびきわたったのです。

ウーオオオロロオーン、オオーン。

ウールルルー　ウオーン！

たき火のまわりの踊《おど》りの輪《わ》が、ぴたりと動きを止めるのがわかりました。犬たちも、オクリオオカミたちも、ピクリと耳をつったて、遠吠えに聞き入っています。

「パパス　シュティメ……」

お父さんの声だわ……と、エルフリーデちゃんがつぶやきました。

気がつくと、あの歌声と、叫《さけ》び声もやんでいました。

静《しず》まりかえった町はずれの闇《やみ》の中に、ミスター・ウォルフの遠吠えだけが、長く尾《お》を引いてひびきわたります。

ウオオオルルルオオオウン……。

ウオオオルルルルオオオウン……。

ヘカテさんが、ぼそりと何かつぶやきました。

「犬たちよ、うかれるな！　持ち場へ帰れって言ってるんですって。あの遠吠えは、そういう意味らしいですよ」

女神《めがみ》さんがささやくような声で通訳《つうやく》した時、犬たちが動き出しました。持ち上げていた前脚《まえあし》を地面に降《お》ろし、まるで夢《ゆめ》からさめたように、四本の脚で一目散《いちもくさん》に走り出しました。南に向かって、町の方角に向かって——。

犬たちはみな、わが家に走って帰っていったのです。

オクリオオカミたちは、たき火のまわりで、ぽかんとしたように、きょろきょろあたりを見回していました。

静かになったたき火のまわりの広場に、三つの影《かげ》が、三方の木陰《こかげ》から歩み出てきました。

ヌラリヒョンパパを乗っけたミスター・ウォルフと、ハジメくんを乗っけたロルフくんと、それから的場《まとば》さん。地上から、犬たちを追跡《ついせき》してきた一行です。

犬たちの去った広場に向かって、ミスター・ウォルフが吠《ほ》えました。

「ウオールウオウウオウ、ウオウ、ウオウ、ウオールル、ロロルウ、ウオウ、ウオウ、ウオウ、ウオールルル」

上空のホウキの上でさっちゃんが、エルフリーデちゃんの心の中の言葉《ことば》を読み取って、つぶやきました。

「ふうん。〝カール、出てこい！　おしおきだ！〟って吠えてるんだね」

するとオクリオオカミたちまでが遠吠《とおぼ》えを始めました。

「ウオール、ウオウ、ウオウ、ウオオオン、ウオン、ルルロウ、オウオウオーン」

「〝こら、いたずらオオカミ！　よくも、おれさまたちまで、あやつってくれたな！　でてきやがれ〟って、吠えてるのかあ……」

芝生《しばふ》広場のたき火の前で、ロルフくんの背中《せなか》から地面の上に降《お》り立ったハジメくんが叫《さけ》ぶのが聞こえました。

「あ！　いた！　あそこ！　雑木林《ぞうきばやし》の、クヌギの木のところ！　木の下のやぶの中に、カールくんとマアくんが、隠《かく》れてる！」

その言葉が終わるより早く、黒い影《かげ》がやぶの中から、バビュンと飛《と》び出し、山の方に走り去っていくのが見えました。

たちまち、オクリオオカミたちが、その影《かげ》を追っかけて走り出します。

ミスター・ウォルフがまた、夜空に向かってひときわ大きく吠《ほ》えました。

「ウオール、ウオウ、ウオルルウー、オウ、ウオン、ウオウ、ウオン、オーン！」

エルフリーデちゃんによると、ミスター・ウォルフはカンカンになって、「こら！　カール！　逃《に》げるんじゃない！　今すぐ、止まれ！　もどってこい！」と吠えていたらしいのです。

ヌラリヒョンパパも、黒い影《かげ》が消えた林の奥《おく》に向かって叫《さけ》びました。

「こら！　マアくん！　もどっておいで！　もう、いたずらは、やめなさい！」

しかし、カールくんもマアくんも、パパたちのその言葉《ことば》に耳をかす気はなさそうでした。

やぶから逃げ出した影は、林の奥に分け入り、再《ふた》び闇《やみ》にまぎれてしまいました。

ヘカテさんとエルフリーデちゃんのホウキが、空から芝生《しばふ》広場に降《お》りてきました。

たき火のまわりに集まったみんなは、またまたどこかにいなくなってしまった、カールくんとマアくんのことを思って、しばしだまりこんでいました。

困《こま》ったふたり組が、次にいったい何をしでかすだろう……と、みんな考えていたのです。

パパの携帯《けいたい》がワーグナーのワルキューレをかなでました。

「……おっ。野中《のなか》さんかな？」

しかし、電話をかけてきたのは、野中さんではなく、ろくろっ首《くび》ママでした。

ごちそうの準備《じゅんび》を整え、お客さまの到着《とうちゃく》を待っていたママは、あんまり、いつまでも、みんなが帰ってこないもので、とうとう心配になってパパに家から電話をかけてきた、というわけです。

パパは、そこで、やっとママに、今、起こっていることの一部始終《いちぶしじゅう》を説明《せつめい》しました。もちろん、カールくんとマアくんが再《ふたた》び北公園の芝生《しばふ》広場から行方不明《ゆくえふめい》になってしまったということも……。

やがて、ママとの会話を終えて、電話を切ったパパは、たき火の前のみんなの顔を見回して言いました。

「うちのママからの電話だったんですがね。ママが言うには、カールくんとマアくんをつかまえるいい方法《ほうほう》があるそうです」

「どんな方法？」と、まっ先にハジメくんが聞き返しました。

ヌラリヒョンパパは、大きな頭をゆっくり横にふって、ハジメくんの質問《しつもん》に答えました。

「いや……。どんな方法かは話してくれなかったんだ。とにかく、みんな、ここで待っていてくれってさ」

九

カールくんとマアくんを追っかけていったオクリオオカミたちは、もどってきません。もちろん、カールくんとマアくんも逃げていったきりです。

ヌラリヒョンパパたちは、ろくろっ首《くび》ママに言われたとおり、芝生《しばふ》広場に待《たい》機《き》して、何かが起こるのをじっと待っていました。

十月の終わりの夜は、ひやりと冷《つめ》たくて、みんなはなんとなく、たき火を取り囲《かこ》むように、芝生の上に腰を下ろしていました。パパが電話で連絡《れんらく》したので、火のまわりの輪《わ》の中には野中《のなか》さんの姿《すがた》もありました。

四人の子どもたち……ハジメくんとさっちゃんとエルフリーデちゃんと、それからオオカミ姿《すがた》のロルフくんが、さっき雑木林《ぞうきばやし》の中からたっぷりと、新しい薪《たきぎ》をひろってきて火にくべたものですから、たき火の炎《ほのお》はまた、いよいよ勢《いきお》いよく燃《も》えさかっておりました。

「ろくろっ首《くび》ママは、いったい、どうやってマアくんたちをつかまえるつもりなんでしょうね？」

野中《のなか》さんにたずねられたヌラリヒョンパパは大きな頭をかしげます。

「さあ……。私《わたし》にもまったく見当がつきません」

「ねえ！」

その時、大きな一つ目玉で団地《だんち》の町並《まちな》みの方角を見つめていたハジメくんがハッとしたように言いました。

「何か来るよ！　でっかい、何かだよ！」

その言葉《ことば》に、みんながいっせいに闇《やみ》のかなたに目を向けると——。

たしかに、何かとてつもなく大きなものが、闇をつき月光の下、こっちにやって来るのが見えました。その背丈《せたけ》は、高層《こうそう》マンションよりも高く、そいつの一歩ときたら、町の通り十ブロック分をひとまたぎにするほど大きいのです。

その巨大な何かが、東町の方角から、音もなく、こっちにやって来ます。

芝生《しばふ》の上に座《すわ》っていたミスター・ウォルフとロルフくんが立ち上がり、背中《せなか》の毛を逆立《さかだ》てて、「ウールルルル」とうなりました。

「あ、おじいちゃんだー」

さっちゃんがいいました。

「たしかに……」

ヌラリヒョンパパがびっくりしたように言いました。

「まさしく、あれは、うちのおじいちゃんだ。巨大化《きょだいか》しているぞ！」

女神《めがみ》さんは、ウォルフさんたちを安心させるためにドイツ語で説明《せつめい》を始めました。

近づいてくるのは、九十九《つくも》一家のおじいちゃんで、見越《みこ》し入道《にゅうどう》という妖怪《ようかい》だ、

ということ。見越《みこ》し入道《にゅうどう》は巨大化《きょだいか》する能力《のうりょく》をもっていて、今まさに、おじいちゃんはその巨大化した姿《すがた》でこっちにやって来ているのだということ……。

その説明《せつめい》が終わるころにはもう、おじいちゃんは北公園の芝生《しばふ》広場にたどり着いていました。その姿を見たエルフリーデちゃんが「ヒュッ」と口笛《くちぶえ》をふいて「クール！」とつぶやくのが聞こえました。

たき火の前のみんなが見上げてみると、おじいちゃんの左右の肩には、ろくろっ首《くび》ママと、やまんばおばあちゃんが乗っかっていました。

「ヤッホー！　おまたせえ！　おばあちゃんですよう！」

右肩の上から、やまんばおばあちゃんが陽気に手をふっています。

ハジメくんの横で、ロルフくんが、フン、フン、フンと鼻を鳴らしました。何かの匂《にお》いをかぎつけたようです。

ロルフくんだけではありません。ハジメくんもさっちゃんも、エルフリーデちゃんも、そこにいるみんなが、頭の上から漂《ただよ》ってくる匂いに気づきました。

「ごちそうの匂《にお》いだ……」

さっちゃんが、うっとりとつぶやいた時、みんなのお腹《なか》がグウグウ鳴りはじめました。

夜空の上から見越《みこ》し入道《にゅうどう》おじいちゃんの声が降《ふ》ってきました。

「ごちそうを運んできてやったぞ。ほら、そこをあけてくれい！」

見上げるみんなの目に、闇《やみ》の中をゆっくりと降《お》りてくる大きなテーブルが映《うつ》りました。巨大化《きょだいか》したおじいちゃんが、片手《かたて》で運んできた大テーブルを、芝生《しばふ》の上に降ろそうとしているのです。

みんなは、たき火の横からバラバラと移動《いどう》して、テーブルのための場所をあけわたしました。空《から》っぽになった芝生の上に、おじいちゃんがそっとテーブルを降ろしました。

降りてきたテーブルを見てみんなは目を丸くしてしまいました。白いテーブルクロスをかけた大きな大きなテーブルの上には、見たこともないようなごちそうが、ぎっしりならび、カボチャをくりぬいたランタンの火がともっていたのです。

こんがりとローストされた豚《ぶた》のかたまり肉。丸ごと一羽焼《や》き上げられたチキン。骨付《ほねつ》き牛肉のステーキ。色とりどりの野菜《やさい》を盛《も》りつけたお花畑のようなサラダ。秋のフルーツ盛り合わせ。マッシュポテト。カリカリに揚《あ》げたフライドポテト。ほかほかと湯気をあげるポタージュスープ。大皿にならんだカナッペ。日本料理《りょうり》もあります。お刺身《さしみ》の舟盛《ふなも》りと、天ぷらと、肉じゃが。それだけではありません。ママはドイツからのお客さまのために、ドイツの家庭料理も一品メニューに加《くわ》えていました。〝ケーゼシュペッツレ〟という、おいしいパスタ料理です。

そのごちそうに、すっかり、目と心をうばわれていたみんなは、見越し入道おじいちゃんが、巨人サイズから普通《ふつう》サイズにもどるところを見のがしてしまいました。

普通《ふつう》の大きさにもどったおじいちゃんは、だれひとり自分に注目している者がいないとわかると、口をへの字に曲げて
「まったく、どいつも、こいつも、なっとらん」と、ブツクサ言い出しました。

「さあ、みなさん！」

みんなは、ろくろっ首《くび》ママの声で、やっとわれに返りました。ふり返ると、ママが、ニコニコ笑《わら》って立っていました。

「化野原《アダシノハラ》団地《だんち》へ、ようこそ。せっかくのハロウィンの夜ですから、今夜は、野外パーティーにいたしましょう。こころばかりのお食事を満月《まんげつ》の下で、こころゆく

まで楽しんでくださいね」

ミスター・ウォルフとヘカテさんが口々に何か言いました。

女神《めがみ》さんが急いで、ママのために、その言葉《ことば》を通訳《つうやく》します。

「すばらしい！　なんて、すばらしいごちそうでしょう！　て、おふたりとも大《だい》感激《かんげき》なさってますよ！　こんなすばらしいおもてなしをしていただいて、本当にありがとうございます、って！」

野中《のなか》さんも、すっかり目を丸くしてテーブルの上を見つめていました。

「いやあ……急なお願《ねが》いだったのに、よ

くぞこんなごちそうを……。まったく、ろくろっ首《くび》ママの料理《りょうり》の腕前《うでまえ》は、プロ級《きゅう》ですねえ……」

「すごいっすよ！」と、的場《まとば》さんもうなずきます。

「ねえ！　おしゃべりはそれぐらいにして、さっさと食べることにしたら、どう？　ごちそうは、ながめるためにあるんじゃないのよ」

やまんばおばあちゃんが、カリカリして、横から口をはさみました。おばあちゃんは、今の今まで、ごちそうを食べることをがまんさせられていたものですから、テーブルだって丸のみにできるぐらい、お腹《なか》がへっていたのです。

ヌラリヒョンパパだけが、ちょっと心配そうにつぶやきました。

「しかし……、マアくんと、カールくんは行方不明《ゆくえふめい》のままだが……」

「大丈夫《だいじょうぶ》ですよ」

ママが、パパにウインクして、ヒソヒソ声でささやきました。

「この匂《にお》いをかぎつければ、むこうから、やってきますよ。がまんできるもんですか」

パパは一瞬《いっしゅん》、ポカンとママの顔をみつめました。パパのお腹が、ママの言葉《ことば》に答えるようにグウッと鳴りました。

「……たしかに」

パパは大きくうなずきました。あの食いしん坊《ぼう》のマアくんが、こんなごちそうの匂いをかいでがまんできるはずがないことをパパもよく知っていました。それに今マアくんは、鼻のきく、オオカミのカールくんといっしょなのですから、ふたりは、遅《おそ》かれ早かれ、ごちそうの匂いに引き寄《よ》せられて、ここにやってくるにちがいありません。

「では、みなさん。ごはんにしましょう。ろくろっ首ママ特製《とくせい》の手料理を、みんなでいただこうじゃありませんか」

野中《のなか》さんがそう言うと、やまんばおばあちゃんがはりきって叫《さけ》びました。

「いっただっきまあすっ！」

みんながいっせいにテーブルに飛《と》びつきました。しばらく、ムシャムシャ、モグモグ、ペチャペチャ、バキバキ……という音だけがあたりを満《み》たしました。それから、またしばらく、みんなは、ムシャムシャ、モグモグ、ペチャペチャ、バキバキと夢中《むちゅう》になって、ママのつくったごちそうを食べ続《つづ》けました。

ごちそうは、どれも、すばらしいおいしさでした。

だからみんなは、おしゃべりも忘《わす》れて、ひたすら、ムシャムシャ、モグモグ、ペチャペチャ、バキバキ……。

ペキッ！

その時、かすかな、かすかな音が、雑木林《ぞうきばやし》の入り口の方角で聞こえました。その音はまるで、だれかさんがうっかり、地面の上の枯《か》れ枝《えだ》をふみつけてたてた音のようでした。

でも、その音に気づいた者は、ほとんどいませんでした。本当は耳がいいはずの、オオカミのウォルフさんも、ロルフくんも、ほかのみんなも、とにかく、ごちそうに夢中だったのです。だけど、ふたりだけ……。そう、ろくろっ首《くび》ママと、魔女《まじょ》のヘカテさんだけは、ちがいました。ふたりのお母さんたちは、このかすかな音に、ハッと耳をそばだてました。

ポキッ！

まただれかが小えだをふむような音が聞こえました。ろくろっ首ママとヘカテさんは思わず目を見合わせました。

言葉《ことば》なんかしゃべらなくても、ふたりのお母さんたちには、それが、自分の子どもたちの足音だということがわかりました。

ろくろっ首ママは、ヘカテさんに向かってうなずいてみせました。まるで、「まかせて」と言うように。すると、次の瞬間《しゅんかん》――。

あっという間に、ママの首が、スルスルスルスルッとのびだしました。ロープのように、細く長く首をのばしながらママの頭は、音の聞こえた林の入り口に、まっすぐすっ飛んでいきました。

そこには、ごちそうの匂《にお》いにさそわれたカールくんとマアくんが、木陰《こかげ》に身をかくして潜《ひそ》んでいました。飛《と》んできた頭を見ておどろいたマアくんたちは、あわてて林の奥《おく》に逃《に》げ出そうとしましたがむりでした。

なんと、ろくろっ首《くび》ママが、長くのびた首をロープのようにあやつって、ふたりの体をグルグルグルッと木にしばりつけてしまったのです。

「うひゃあ！　ママ！　ごめんなさあい！」

「オー！　ヒルフ！」

マアくんがあやまっても、カールくんが〝助けて！〟と叫《さけ》んでも、ろくろっ首ママは許《ゆる》しませんでした。ぐるぐる巻《ま》きにされたふたりは、ママの首にぎゅうぎゅうしめつけられて、ついにおとなしくなりました。

ママが、ロープのような首をほどいてくれると、ふたりの目の前にはきびしい顔をしたお父さんたちが立っていました。

もちろん、マアくんとカールくんは、ヌラリヒョンパパとミスター・ウォル

フに、みっちりしかられました。

ウォルフさんとロルフくんは、「いただきます」の前に、すでにサングラスをかけ人間の姿《すがた》にもどっていましたが、まだオオカミ姿のままのカールくんにむかってウォルフさんは、ただちにサングラスをかけるように命じました。そうして、人間の男の子の姿にもどったカールくんと、マアくんは、ふたりそろって、お父さんたちから、お尻《しり》をひっぱたかれたのです。そのうえ、ウォルフさんは、ドイツに帰ってからの一週間の外出禁止《きんし》をカールくんに言いわたしました。マアくんも当然《とうぜん》、一週間外出禁止です。

かわいそう、ですって？　いえいえ、あんなにひどいイタズラをしでかしたんですから、しかられるのは当たり前です。それに、いいことだってありました。

お父さんたちは、おしおきのかわりに、マアくんとカールくんに、ろくろっ首《くび》ママのごちそうを食べることを許《ゆる》してくれたんですからね。

だから、マアくんとカールくんは、おなかいっぱい、おいしいごちそうを食べることができました。

やがて、マアくんたちを追いかけていったオクリオオカミの一団《いちだん》も芝生《しばふ》広場にもどってきました。

マアくんと、カールくんは、オクリオオカミたちに「ごめんなさい」とあやまりました。

そして、オクリオオカミたちもみんなといっしょに、ごちそうを食べたんです。なにせ、はりきったママは、お料理《りょうり》をいっぱい作りすぎていましたからね。オクリオオカミたちがパーティに加《くわ》わってもごちそうは、まだまだじゅうぶんあったんですよ。

最初《さいしょ》の計画どおりにはいきませんでしたが、こうして、九十九《つくも》さんたちの、おもてなしはなんとかかんとか、成功のうちに幕《まく》をとじようとしていました。

ウォルフさん一家は、ママのお料理《りょうり》に大感激《だいかんげき》でしたし、子どもたちは子どもたちどうし、すっかり仲良《なかよ》しになってしまいました。

ろくろっ首《くび》ママとヘカテさんは、お料理《りょうり》レシピを交換《こうかん》し合い、ミスター・ウォルフは女神《めがみ》さんの通訳《つうやく》のもと、オクリオオカミたちと、オオカミの未来について熱《あつ》く語り合い、見越《みこ》し入道《にゅうどう》おじいちゃんはウォルフさんたちのリクエストにこたえ、巨大化《きょだいか》を披露《ひろう》することができて大満足《だいまんぞく》でした。やまんばおばあちゃんは……、おばあちゃんは、とにかく、ずっと、ムシャムシャ、モグモグ、ペチャペチャ、バキバキ、ごちそうを食べて大満足でした。

楽しい時間は、あっという間に過《す》ぎていきました。とうとう、ホテルからのおむかえの車が到着《とうちゃく》したという連絡《れんらく》が入ると、野中《のなか》さんは車を、東町三丁目のB棟《ビーとう》前から、北公園の入り口に回してくれるように指示《しじ》しました。

ウォルフさん一家が車に乗りこむ前に、みんなは、それぞれ、握手《あくしゅ》を交わしたり、ハグしあったりして別《わか》れを惜《お》しみました。

マアくんとカールくんは、右手のこぶしどうしをガツンとぶつけて、ニヤリと笑《わら》い合っています。

「また、来いよ」

マアくんが言うと、カールくんもドイツ語で「また、会おうぜ」と言いました。

ハジメくんと、ロルフくんは、ぎゅっと握手を交わしています。

さっちゃんとエルフリーデちゃんは、やはり一言もしゃべらず、握手も交わさず、ただおたがい、じっと顔をみつめ合っていました。しゃべらなくても、このふたりにはきっと、おたがいの心の中がよくわかっていたのでしょうね。

「また、いらしてくださいね。今度はぜひ、うちでゆっくりなさってください」とろくろっ首ママは、ヘカテ奥《おく》さんに言いました。

「ええ！　ぜひ！」

と言ってからヘカテさんはママに、「あなたたちもドイツに遊びにきてくださいね」と言いました。お別れのあいさつのあいだじゅう、女神《めがみ》さんはあっちの言葉《ことば》をこっちに訳《やく》し、こっちの言葉をあっちに訳し、最後《さいご》まで大活躍《だいかつやく》でした。

そして、とうとうおむかえの車がやってきました。

ウォルフさん一家が乗りこむと車は、闇《やみ》の中、テールライトを光らせて走り去っていきました。みんなは、そのライトの光が見えなくなるまで、ずっとウォルフさんたちを見送ったのです。

もう満月《まんげつ》は西に傾《かたむ》き、闇の中に夜明けの気配《けはい》がただよい始めています。十月最後《さいご》のハロウィンの夜は終わり、十一月が、化野原団地《アダシノハラだんち》に冬の足音を運んでこようとしていました。

「めちゃくちゃ、エキサイティングな夜でしたね！」

女神《めがみ》さんが、遠ざかる車のライトを見つめながら、そう言いました。

「さて」

的場《まとば》さんが、深呼吸《しんこきゅう》をして言いました。

「芝生広場《しばふ》のたき火のしまつをせんといかんですなあ、ほら、風が出てきたっす。それから、さっき各家庭に回した外出禁止を解除《かいじょ》しないと……」

その日から何週間かが過《す》ぎたころ、ドイツのウォルフさんのもとから、化野原の九十九《つくも》さんの家に小包《こづつ》みが一つ届《とど》きました。

包《つつ》みを開けてみると、中に入っていたのはりっぱな水晶玉《すいしょうだま》でした。魔女《まじょ》が未来を占《うらな》うときにのぞくような、ピカピカの水晶玉《すいしょうだま》です。それには、ドイツ語の手紙がそえられていました。女神《めがみ》さんに、手紙の説明《せつめい》を読んでもらうと、その玉は実は最新《さいしん》式の通信装置《そうち》なのだということがわかりました。おたがいのようすを玉の中に映《うつ》し出しながら、遠く離《はな》れた相手とでも自由に通話ができる通信装置。それは今、ドイツの魔女《まじょ》たちの間で大流行しているグッズだと、手紙には書いてありました。

そしてプレゼントに添《そ》えられた手紙の最後《さいご》は、こんな言葉《ことば》でしめくくられていました。

“Mit freundlichen Grüßen”
(友情《ゆうじょう》をこめて。)

富安陽子(とみやす・ようこ)

1959年東京都に生まれる。児童文学作家。

『クヌギ林のザワザワ荘』で日本児童文学者協会新人賞、小学館文学賞受賞、『小さなスズナ姫』シリーズで新美南吉児童文学賞を受賞、『空へつづく神話』でサンケイ児童出版文化賞受賞、『やまんば山のモッコたち』でIBBYオナーリスト2002文学賞に、『盆まねき』で野間児童文芸賞を受賞。

「ムジナ探偵局」シリーズ(童心社)、「シノダ!」シリーズ(偕成社)、「内科・オバケ科　ホオズキ医院」シリーズ(ポプラ社)、「菜の子ちゃん」シリーズ(福音館書店)、「やまんばあさん」シリーズ(理論社)、絵本に『オニのサラリーマン』(福音館書店)などがある。YA作品に『ふたつの月の物語』「天と地の方程式」シリーズ(講談社)など、著作は多い。

山村浩二(やまむら・こうじ)

1964年愛知県に生まれる。アニメーション作家、絵本画家。東京芸術大学大学院映像研究科教授。

短編アニメーションを多彩な技法で制作。第75回アカデミー短編アニメーション部門にノミネートされた「頭山」は有名。新作アニメーションに「マイブリッジの糸」「サティの『パラード』」など。絵本に『くだもの　だもの』『おやおや、おやさい』(福音館書店)『ゆでたまごひめとみーとどろぼーる』(教育画劇)、『雨ニモマケズ Rain Won't』(今人舎)『ぱれーど』(講談社)などがある。『ちいさな　おおきな　き』(夢枕獏・作　小学館)で、第65回小学館児童出版文化賞、『くじらさんのー　たーめなら　えんやこーら』(内田麟太郎・作　鈴木出版)で第22回日本絵本賞を受賞。

www.yamamura-animation.jp

妖怪一家九十九さん
妖怪一家のハロウィン

作者　富安陽子
画家　山村浩二
発行者　内田克幸
編集　芳本律子
発行所　株式会社 理論社
〒103-0001　東京都中央区日本橋小伝馬町9-10
電話　営業 03-6264-8890　編集 03-6264-8891
URL　http://www.rironsha.com

印刷　図書印刷
本文組　アジュール

2017年9月初版
2017年9月第1刷発行

装幀　森枝雄司
©2017 Yoko Tomiyasu & Koji Yamamura, Printed in Japan
ISBN978-4-652-20224-1　NDC913　A5変型判　21cm　172P

落丁・乱丁本は送料小社負担にてお取り替え致します。

本書の無断複製(コピー、スキャン、デジタル化等)は著作権法の例外を除き禁じられています。

私的利用を目的とする場合でも、代行業者等の第三者に依頼してスキャンやデジタル化することは認められておりません。

妖《よう》怪《かい》一家九十九《つくも》さん シリーズ

富安陽子・作　山村浩二・絵

妖怪《ようかい》一家の夏まつり

妖怪《ようかい》一家九十九さん

妖怪《ようかい》きょうだい学校へ行く

ひそひそ森の妖怪《ようかい》

巨大団地《だんち》に人間たちといっしょに暮らすことになった妖怪《ようかい》家族。
合言葉は「ご近所さんを食べないこと」。

妖怪《ようかい》一家のハロウィン

遊園地の妖怪《ようかい》一家

妖怪用心《ようかいようじん》
火《ひ》の用心《ようじん》

あなたの隣にもいるかもしれない
妖怪《ようかい》に妖怪用心、火の用心！
九十九《つくも》さん一家が
数え歌とともに絵本になりました。

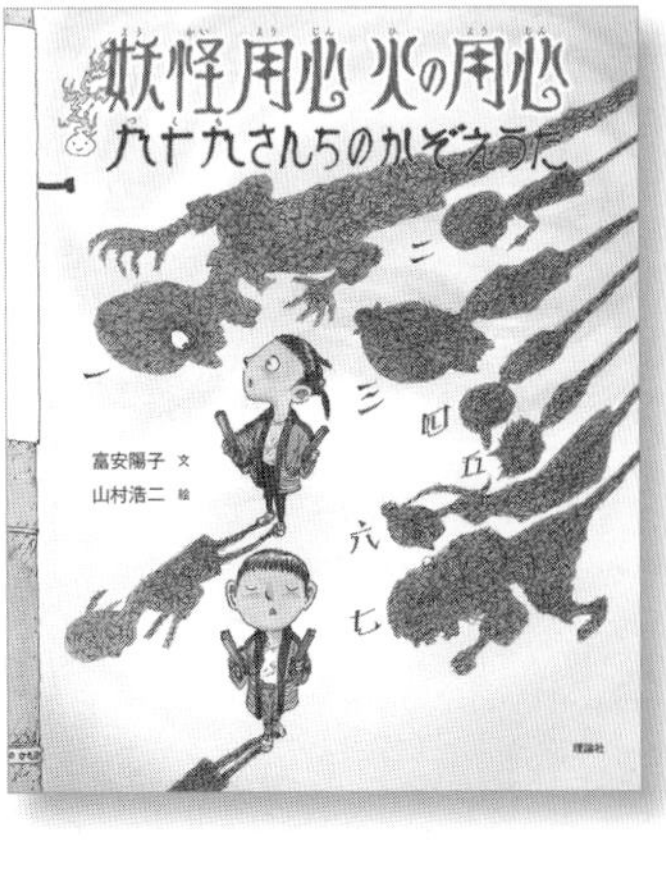

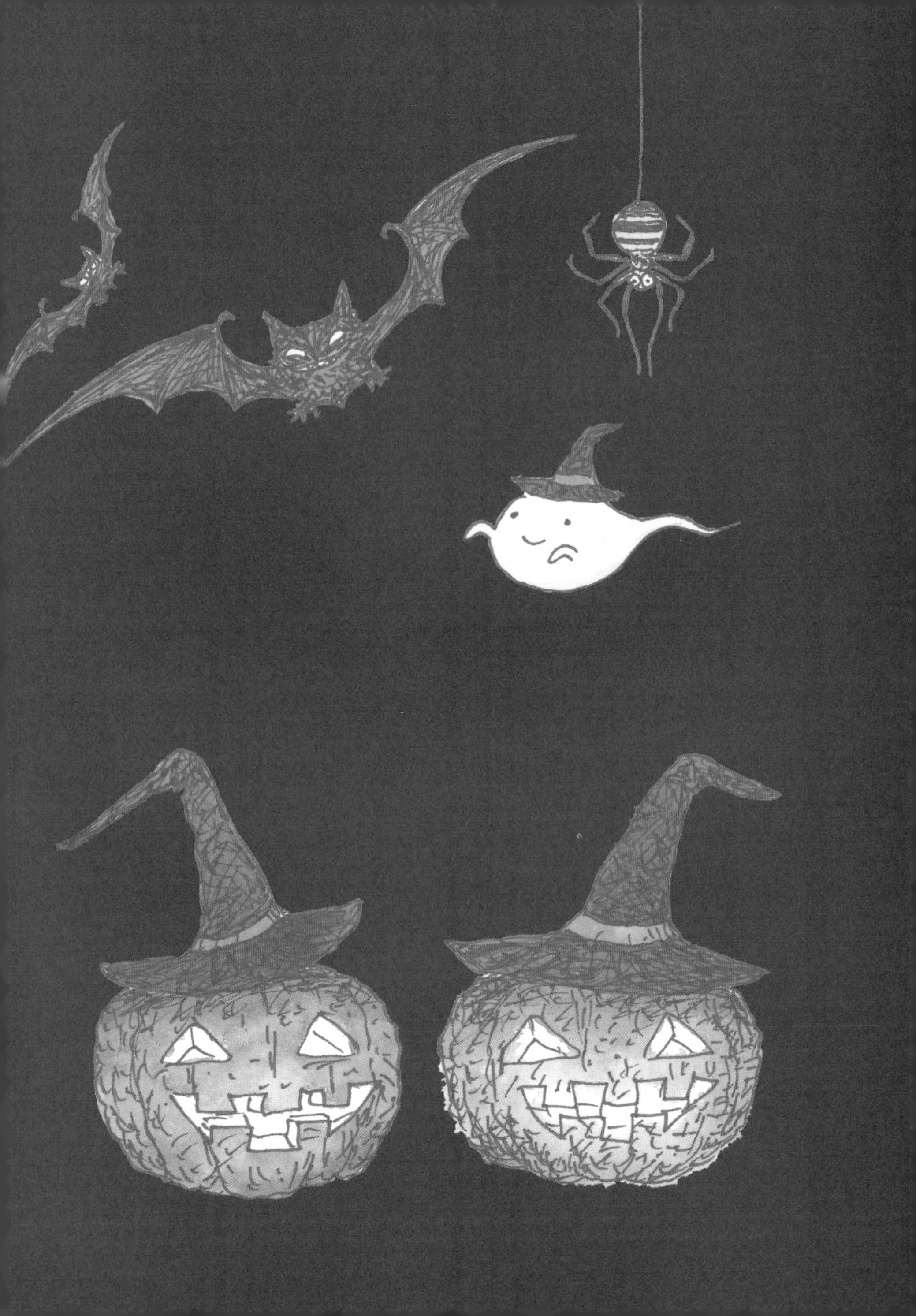